CASTRO ALVES
TEATRO COMPLETO

Castro Alves (1847-1871)

CASTRO ALVES
TEATRO COMPLETO

Edição preparada por
ELIZABETH R. AZEVEDO

Martins Fontes
São Paulo 2004

Copyright © 2004, Livraria Martins Fontes Editora Ltda.,
São Paulo, para a presente edição.

1ª edição
julho de 2004

Acompanhamento editorial
Helena Guimarães Bittencourt
Preparação do original
Maria Regina Ribeiro Machado
Revisões gráficas
Célia Regina Camargo
Renato da Rocha Carlos
Dinarte Zorzanelli da Silva
Produção gráfica
Geraldo Alves
Paginação
Moacir Katsumi Matsusaki

Dados Internacionais de Catalogação na Publicação (CIP)
(Câmara Brasileira do Livro, SP, Brasil)

Alves, Castro, 1847-1871.
 Teatro / Castro Alves ; edição preparada por Elizabeth R. Azevedo. – São Paulo : Martins Fontes, 2004. – (Dramaturgos do Brasil / coordenador João Roberto Faria)

Bibliografia.
ISBN 85-336-2008-X

1. Alves, Castro, 1847-1871 – Crítica e interpretação 2. Teatro brasileiro 3. Teatro brasileiro – História e crítica I. Azevedo, Elizabeth R. II. Faria, João Roberto. III. Título. IV. Série.

04-3944   CDD-869.92

Índices para catálogo sistemático:
1. Peças teatrais : Literatura brasileira   869.92
2. Teatro : Literatura brasileira   869.92

Todos os direitos desta edição reservados à
Livraria Martins Fontes Editora Ltda.
Rua Conselheiro Ramalho, 330 01325-000 São Paulo SP Brasil
Tel. (11) 3241.3677 Fax (11) 3105.6867
e-mail: info@martinsfontes.com.br http://www.martinsfontes.com.br

COLEÇÃO "DRAMATURGOS DO BRASIL"

Vol. VIII – Castro Alves

Esta coleção tem como finalidade colocar ao alcance do leitor a produção dramática dos principais escritores e dramaturgos brasileiros. Os volumes têm por base as edições reconhecidas como as melhores por especialistas no assunto e são organizados por professores e pesquisadores no campo da literatura e dramaturgia brasileiras.

Coordenador da coleção: João Roberto Faria, Professor Titular de Literatura Brasileira da Universidade de São Paulo.

Elizabeth R. Azevedo, que preparou o presente volume, fez o doutorado na Escola de Comunicações e Artes da Universidade de São Paulo, onde é professora de Teatro Brasileiro do curso de Artes Cênicas. É autora de *Um palco sob as arcadas: o teatro dos estudantes do Largo de São Francisco, em São Paulo, no século XIX* (São Paulo: Annablume, 2000).

ÍNDICE

Introdução IX
Cronologia XXXI
Nota sobre a presente edição XXXV

PEÇAS DE CASTRO ALVES

Gonzaga ou a revolução de Minas   3
D. Juan ou a prole dos saturnos 211
Uma página de escola realista 245

INTRODUÇÃO

UM POETA NO PALCO BRASILEIRO

É certo quando se diz que quase todos os escritores brasileiros do século XIX tiveram sua "aventura teatral". Raros foram os autores que se dedicaram predominantemente à escritura para a cena como Martins Pena, França Júnior e Artur Azevedo – todos os três comediógrafos. Dos demais nomes da nossa literatura dramática, pode-se considerar que foram mais poetas/dramaturgos ou romancistas/dramaturgos do que qualquer outra coisa. Castro Alves não foi exceção. Poeta por definição, não resistiu à tentação do palco. Tentação esta que, ao que tudo indica, emanava sobretudo da atriz Eugênia Câmara, grande paixão do baiano. Foi para ela, vivendo a seu lado, que escreveu sua principal obra, *Gonzaga ou a revolução de Minas*, em 1867. Castro Alves deixou ainda um pequeno poema dramático, *Uma página de escola realista*, igualmente inspirado em Eugênia, e um drama inacabado, *D. Juan ou a prole dos saturnos*. Tão exígua dramaturgia explica-se também pela brevidade de sua vida. O poeta morreu aos 24 anos.

Castro Alves foi por opção um dramaturgo romântico num tempo de teatro realista. Dez anos já haviam se passado desde que José de Alencar apresentara seu *O demônio familiar*, em 1857, e outras peças calcadas na estética inaugurada por Alexandre Dumas Filho com *A dama das camélias*, na França, em 1852. O teatro realista no Brasil já havia conquistado seu lugar a partir do movimento desencadeado por autores – Alencar à frente –, atores e ensaiadores ligados ao Teatro Ginásio Dramático do Rio de Janeiro.

Gonzaga ou a revolução de Minas é um drama histórico escrito num estilo inflamado. Os dramas históricos brasileiros de conteúdo nitidamente nacional foram quase todos tardios. Credita-se o fato à conturbada estabilização da organização política nacional que só veio a se efetuar a partir da chegada de D. Pedro II ao trono, através do chamado Golpe da Maioridade, em 1840. Desde então, buscaram-se formas de reforçar a idéia de unidade nacional (tão combalida) usando como centro a figura do jovem imperador. Outra via da mesma estratégia foi a construção de um passado nacional que destacasse os fatos e os heróis da pátria. Assim, somente depois da metade da década de 1850 começam a surgir os dramas históricos de maior projeção.

É certo que a fundação e a consolidação do ensino superior no país, calcado nas duas faculdades de Direito – Olinda/Recife e São Paulo (1827) –, foram importantes nesse processo. Elas se tornaram pólos aglutinadores de talentos literários e políticos que se combinaram com intensidades diversas. A produção do drama histórico brasileiro está ligada a essas duas instituições de maneira indissociável. Sem exceção, todos os principais autores desse gênero tinham sido, ou eram, alunos das academias. Dos mais relevantes trabalhos existentes, o primeiro drama histórico (quase uma tragédia) que trata diretamente da história nacional é *Calabar*, de Agrário de Menezes, escrito em 1856. Depois vieram: *O jesuíta*, de José de Alencar, em 1861, *Sangue limpo*, de Paulo Eiró, no mesmo ano, e, finalmente, *Gonzaga ou a revolução de Minas*, em 1867. Castro Alves declarou aliás que seu drama precisava de uma platéia "acadêmica" para ser devidamente apreciado.

De certo modo, a Independência foi o fio condutor que ligou todas essas obras. A luta pela extinção do domínio português, espanhol ou holandês está latente em todas elas. Os dramas pessoais e as histórias de amor a ele se mesclam e têm suas trajetórias transtornadas pelo desenrolar dos acontecimentos políticos.

No caso de *Gonzaga ou a revolução de Minas*, o mais tardio deles, acresce o fato de que o Brasil estava em guerra contra o Paraguai. O patriotismo enchia o peito dos jovens estudantes. Castro Alves chegou a se alistar num batalhão "acadêmico", muito embora jamais tenha vestido um uniforme ou feito qualquer manobra. A luta levada pelos inconfidentes serviria de exemplo de dedicação à causa da liberdade e dos sacrifícios pelo Brasil. Não haveria um tema melhor do que uma rebelião de poetas para se fazer a identificação entre os jovens acadêmicos e a obra.

Depois de ter sua peça representada por uma companhia amadora, dirigida por Eugênia Câmara, em Salvador, numa apresentação que o desagradou, Castro Alves partiu para São Paulo, seguindo a atriz que pretendia retomar suas atividades profissionais no sul do país. De passagem pelo Rio de Janeiro, o autor baiano levou algumas poesias e seu drama para serem lidos por José de Alencar. O resultado desse encontro está relatado numa carta endereçada a Machado de Assis e publicada no *Correio Mercantil* de 22 de fevereiro de 1868[1]. Nela, Alencar diz ter identifica-

---

1. Machado de Assis, *Correspondência*. São Paulo: W. M. Jackson Inc., 1951, pp. 12-35.

do em Castro Alves um seguidor de Victor Hugo. Muito embora reconheça o "sentimento de nacionalidade" e identifique os "episódios de rico interesse" com que o poeta "enriqueceu" o drama, atribui à juventude do autor o excesso verbal, a falta de sobriedade ou a "exuberância da poesia". Acreditava Alencar que, com a idade, naturalmente, essa exuberância seria devidamente reprimida. Além disso, condena em Castro Alves "a ação dirigida uma ou outra vez pelo acidente".

Em sua resposta, publicada no *Correio Mercantil* de 1º de março, Machado concorda com os pontos de vista de Alencar. Procura valorizar o sentimento de nacionalidade, a ambição do tema, mas também se opõe ao exagero do tom – "O poeta explica o dramaturgo" –, vaticinando um futuro pouco promissor para a peça: "O elemento poético é hoje um tropeço ao sucesso de uma obra. Aposentaram a imaginação." Acompanhando a avaliação de Alencar, aponta também como defeito o fato de que "a ação parece às vezes desenvolver-se pelo acidente material".

Muito embora se pudesse esperar que Alencar tocasse na questão do abolicionismo da peça, já que esse foi um tema fundamental para o seu próprio teatro, é Machado que o faz, chegando a comparar o drama do escravo Luís à tragédia do Rei Lear, de Shakespeare: "Quem os compara não vê nem o rei nem o escravo: vê o homem."

Assim, as duas avaliações, apesar de não pretenderem desqualificar a obra do jovem autor, estavam cheias de senões. E não poderia ser diferente. Tanto Alencar quanto Machado sempre se bateram por um teatro mais moderno, nos moldes do realismo. A peça de Castro Alves ia, justamente, na direção contrária.

Mais do que a uma assembléia letrada, o sucesso do drama de Castro Alves deveu-se a ter sido ele representado em São Paulo por uma companhia teatral profissional. Ao contrário do que ocorrera com a estréia da peça em Salvador, a capital paulista contava na ocasião (25 de outubro de 1868) com uma empresa organizada pela atriz Eugênia Câmara, que trouxe para São Paulo Joaquim Augusto Ribeiro de Souza, considerado, ao lado de Furtado Coelho, o melhor ator brasileiro da época. Aos quatro atos enunciados no texto – *Os escravos*, *Anjo e demônio*, *Os mártires*, *Agonia e glória* –, o anúncio da representação no Teatro São José acrescentava a descrição das cenas: *um bosque brasileiro*; *grande salão de colunas, de baile*; *habitação de Gonzaga, cena de luar*; *a prisão na Ilha das Cobras*. Esse detalhamento procurava demonstrar o cuidado com que a peça estava sendo posta em cena. Em seguida, o mesmo anúncio afirma: *Cenário, Vestuário, Acessórios, Tudo Novo.* (…) *O vestuário é a caráter.* Garantia-se assim ao público que a encenação seria realmente especial, que a companhia não lançaria mão dos mesmos surrados cenários e que cuidaria do vestuário, procurando não misturar as roupas de época como costumava acontecer.

Castro Alves mostrou ter sensibilidade para o palco quando procurou dosar as peripécias políticas do grupo revolucionário com uma história de amor e um drama familiar. Assim, encontramos na obra três facetas das paixões humanas: a cena amorosa, o amor entre pais e filhos e a atuação política.

A história da Inconfidência Mineira é o contexto maior que abraça os demais níveis de enredo. A saga dos revolucionários, aliás, será um dos temas mais recorrentes do teatro histórico nacional. Contam-se inúmeras peças no século XIX que abordaram o tema[2], geralmente com muito civismo e quase nenhum talento. Mesmo no século XX, o assunto reapareceu em forma de peça de protesto pelo grupo do Teatro de Arena de São Paulo, em *Arena Conta Tiradentes*[3], de 1967, ou *As confrarias*, de Jorge Andra-

---

2. José Ricardo Pires de Almeida, *Tiradentes ou amor e ódio*. São Paulo: Typographia Imparcial de J. R. A. Marques, 1861; Constantino Tavares do Amaral, *Gonzaga*. Rio de Janeiro: Typographia e Litographia F. A. de Souza, 1869; Francisco A. Pessoa de Barros, *Bárbara Alvarenga ou os inconfidentes*. Rio de Janeiro: Typographia Central de Brown & Evaristo, 1877; Fernando Pinto de Almeida Junior, *A redenção de Tiradentes*. Rio de Janeiro: Imprensa Mont'Alverne-Ferreira, 1893.

3. Escrita por Augusto Boal e Gianfrancesco Guarnieri.

de, de 1969. Assim como seus colegas modernos, que usaram a peça para seus fins políticos, Castro Alves aproveitou o tema da luta pela liberdade política para acoplá-lo à luta pela abolição. São conhecidos o fervor com que o poeta baiano defendia os ideais abolicionistas e os poemas que dedicou ao tema. Nesse aspecto, o drama está inclusive mais próximo dos autores modernos ao propor a abolição como um processo coletivo. Normalmente, as peças que defendiam a libertação de escravos o faziam sempre no âmbito individual. É sempre um bom senhor que liberta seu escravo fiel, o qual lhe é eternamente grato. No caso de *Gonzaga ou a revolução de Minas*, a abolição seria um direito a ser restituído a todo um grupo de pessoas.

Em sua peça, o autor faz com que Gonzaga seja um defensor fervoroso desse ideal, embora, como bem se sabe, a questão estivesse longe das considerações dos inconfidentes, a maioria deles proprietários de terras. Ao escolher Gonzaga para protagonista (famoso tanto como poeta e amante quanto como revolucionário) e não Tiradentes, como talvez fosse mais óbvio, Castro Alves buscava uma identificação direta entre o poeta árcade e sua própria figura. Nada mais lógico do que criar um Gonzaga que defendesse os mesmos ideais do poeta oitocentista.

Por outro lado, apesar de todo seu esforço na defesa dos direitos dos escravos, o poeta não soube esconder um certo preconceito racial. Ao descrever a jovem Carlota, Silvério diz sobre ela:

> Silvério – (…) tenho-lhe falado já desta heroína de romance, bela como uma serpente, pregando sermões como um frade, roubando papéis como um bandido; no mais bonita e quase tão branca como qualquer um de nós… (…).

Ainda assim, é Gonzaga, dentre todos os inconfidentes, quem mais se preocupa com a pregação abolicionista e, até mesmo, republicana. É ele quem convence Luís, seu ex-escravo, a participar da conspiração, acenando-lhe com o reencontro com sua filha e a libertação de todos os cativos:

> Gonzaga – Mas, se para obtê-la fora mister mais do que morrer… sim, trabalhar nas sombras, afrontar a luz; de noite ser o réptil do charco, de dia ser o tigre das serras… mentir, lutar, ferir com a prontidão do raio, desaparecer com a prontidão do relâmpago. Se fora mister lutar contra um homem, contra uma província, contra um país, contra dois mundos?
> (…)
> Luís – E quem m'a restituirá?
> Gonzaga – A revolução.

E mais adiante:

> Gonzaga – (…) Não, infeliz! Em breve, sob estas selvas gigantescas da América, a família

brasileira se assentará como nos dias primitivos... Não mais escravos! não mais senhores. Todas as frontes livres poderão mergulhar o pensamento nos infinitos azulados, todos os braços livres hão de sulcar o seio da terra brasileira. (*A Luís*) Luís, pobre desgraçado! deve ser um dia sublime aquele em que as crianças souberem o nome de seus pais, porque suas mães serão esposas e não meretrizes... em que as virgens murmurarem sem pejo o nome de seus amantes, porque não serão mais poluídas pelo beijo dos senhores devassos... em que os velhos sentados à beira dos túmulos abençoarem sua geração, porque a túnica da ignomínia deixará de acompanhá-los através dos séculos como o ferrete do judeu maldito!...

(...)

Luís – Senhor, eu procurava uma filha, agora procuro duas – Carlota e a Revolução.

Gonzaga – Sim! Liberdade a todos os braços! Liberdade a todas as cabeças.

É também ele que incorpora Luís ao grupo dos conspiradores, apresentando-o como exemplo da infelicidade da condição servil.

Gonzaga – Sabem a que classe pertence?
Cláudio – Um escravo ou um liberto.
Gonzaga – Que é ainda um escravo, se este homem tiver a desgraça de ter mãe, filho, irmã, amante, uma mulher, uma família, enfim, algum desses fios que prendem o homem à vida como

a estrela ao firmamento. E sabeis por quê? É que a mãe de cujo seio ele saiu é escrava e o fruto murcha quando o tronco sofre, é que a mulher que ele tem no coração é escrava e o verme que morde o coração mata o corpo, é que o filho de seu amor é escravo, e o ninho desaba quando o passarinho estrebucha na agonia. (...)

Quanto aos demais inconfidentes, o drama pinta-os em traços largos. Tiradentes é escultural e altivo. Cláudio Manoel da Costa, sem ser um fanfarrão, é mostrado como uma espécie de diletante, de *dandy* apaixonado (ou galhofeiro, como o definiu Machado), que abandona os assuntos políticos para ir suspirar ao pé da amada assim que ela dá o ar de sua graça.

Cláudio – Então! Amanhã à revolução, hoje ao baile! E enquanto não podemos dar o braço à pátria, oferecemo-lo às damas. Copos por copos, meus senhores; amanhã os da espada, hoje os do Reino! (...).

Por outro lado, tem vislumbres de seu destino final, muito embora possa se questionar a versão oficial do suicídio. Coisa, aliás, que Castro Alves não faz.

Cláudio – Por Baco! Eu já lhes disse que tencionava suicidar-me. É o mesmo. O falerno leva a morte ao peito, mas dá prazer aos lábios. À morte do governador... (*bebem*).

Alvarenga e o padre Antônio são menos desenvolvidos. Parecem estar lá só para completar o grupo.

Por outro lado, é dado grande destaque ao traidor da conspiração, Joaquim Silvério dos Reis, que é retratado como a antítese de todas as qualidades expressas pelos poetas conspiradores. Para começar, não tem nenhum talento literário, como a tríade Gonzaga, Cláudio e Alvarenga. Também não é um bravo como Tiradentes, nem é um homem de fé, como padre Antônio. Age pelas costas, amparado sempre pela força esmagadora do governo. Silvério não luta por nenhum ideal, ou por dever, como faz o Governador, e deseja apenas obter vantagens pessoais. Na estrutura da peça, exerce duas funções que se entrelaçam: uma, a de ser o agente da derrota do movimento político, organizando a armadilha para prender os inconfidentes; outra, a de ser o principal opositor na trama em que se apresenta o tema da procura e reencontro de Luís e sua filha Carlota. Sendo escrava de Silvério, Carlota está sujeita às suas constantes e ferozes ameaças. Nessa linha do enredo, ele é o "vilão-mor", opondo-se a Luís e a Gonzaga.

A segunda linha de enredo é precisamente a história de Luís e Carlota, pai e filha separados havia anos por força das injustiças do sistema escravista. Luís e sua mulher, Cora, viveram por algum tempo felizes nas terras da família de

Gonzaga. Tiveram uma filha, Carlota. Mas, a certa altura, os senhores de Cora descobrem seu esconderijo. Inconformada em ter de voltar à sua antiga vida, Cora mata-se jogando-se num rio. A criança, por preservar o *status* servil da mãe, é levada e vendida no Rio de Janeiro. Luís perde assim o paradeiro da menina. Coincidentemente, é Silvério quem, tempos depois, a compra, trazendo-a de volta para próximo de onde está seu pai. O reencontro se dará finalmente, com conseqüências funestas no entanto, provando-se assim, mais uma vez, a injustiça da condição escrava.

O abolicionista Castro Alves procurou demonstrar com a trajetória de Cora, Luís e Carlota a desintegração da família nas camadas mais desfavorecidas da sociedade brasileira. Defendia que a falta de liberdade destrói aquele que é o alicerce da comunidade. O mesmo se dá, aliás, com o casal Gonzaga/Maria. Situado no outro extremo da escala social, também vê seus planos de casamento contrariados pela força da lei que obrigava os membros da elite brasileira a obterem na metrópole permissão para se casar. Portanto, a falta de liberdade corrói o cerne das bases sociais.

A relação amorosa entre Gonzaga e Maria é o foco da terceira linha do enredo do drama. Além de terem de suportar a opressão metropolitana que adia indefinidamente sua união, enfrentam as investidas do governador, o visconde de Barbacena.

É esse triângulo amoroso que amarra no alto da estrutura da peça todos os fios do enredo. Barbacena é o representante máximo da metrópole na colônia e, portanto, o opressor-mor todo poderoso, a personificação do poder. É também, por obra e graça da imaginação do poeta baiano, o rival de Gonzaga pelo amor de Maria. Esse fato enriquece a trama e a humaniza ainda mais. O assédio do visconde sobre Maria dá chance ao autor de apresentar um lado sombrio e pérfido do desejo. O avesso do amor puro do poeta mineiro:

> Governador – (...) Que longas noites de vigília povoadas de mil formas de volúpia, de beijos insensatos, de lágrimas lascivas, cavaram-me rugas na fronte, abismos no coração, aqueles cheios de trevas, este cheio de amor! Por que dizer-te mais? O demônio amou o anjo. (...)

Maria, por seu lado, embora corresponda aos padrões das jovens apaixonadas e dedicadas, tem um lado mais ativo e malicioso (fato, aliás, criticado tanto por Alencar quanto por Machado). Ela é capaz de enganar o governador, de fazê-lo de tolo. Talvez essa vivacidade incomum nas heroínas dos dramas e melodramas nacionais se explique pelo fato de Castro Alves ter escrito o papel para (e sobre) Eugênia Câmara. Com mais de trinta anos, a atriz não estava em posição de ser a "ingênua", tipo em que começou no teatro. Estava mais para uma "dama galã", que era como se chamava na época o papel de mulheres maduras e experientes.

O desfecho da relação entre os três personagens, ainda com reviravoltas de última hora, dá-se no último ato, todo ele tomado pela questão amorosa, abandonando-se quase completamente a questão política. Afinal, no terceiro ato chegara-se ao ápice do suspense e peripécia em relação ao destino dos inconfidentes. No quarto ato, pouco se fala de Tiradentes, afinal de contas o único a ser imolado pela liberdade da nação. Gonzaga tem uma pena que pode até ser considerada leve, insuficiente para caracterizar um verdadeiro mártir. Por isso, não é mostrado no drama o veredicto final, acenando-se ainda com o risco de uma condenação fatal.

Apesar do vigor da ampla arquitetura da peça, Castro Alves pagou tributo ao seu tempo. Grande parte do teatro brasileiro do século XIX esteve calcada no melodrama. Mesmo um drama com preocupações estéticas mais sérias como *Gonzaga ou a revolução de Minas* não escapou à armadilha das reviravoltas surpreendentes, dos documentos perdidos e subitamente reencontrados, das testemunhas inesperadas, dos sinais de reconhecimento (marcas de nascença, jóias, lenços etc.), das cenas de travestimento e das convenientes coincidências. Lembrem aqui a carta perdida por Maria num momento de fraqueza e encontrada por Carlota, o rosário que a escrava carrega e que acaba por identificá-la, os disfarces de Maria e Carlota, e Luís escondido convenientemente atrás de uma porta durante a última entrevista entre Barbacena e Maria.

Reconheça-se, por outro lado, que o autor não apelou para o maior interventor dos enredos dos melodramas, que sempre recoloca as coisas na trilha da justiça e do bem – a Divina Providência. Ao contrário do melodrama tradicional, em que a Inocência perseguida durante toda a peça triunfa afinal, o drama de Castro Alves sustenta seu final "infeliz". Muito embora, se pensado como uma antecipação da vitória final dos brasileiros sobre o domínio português, o sacrifício dos inconfidentes acabou sendo vitorioso (e a justiça feita: "Governador – Oh! desespero! Eles são ainda mais felizes na sua desgraça do que eu na minha vingança! Eis meu castigo! ... Deus e eles se vingaram..."). Talvez não seja outra a intenção de Castro Alves ao colocar como grande apoteose final a cena de Gonzaga e Luís partindo de barco, enquanto Maria vem ao proscênio declamar uma poesia ao estilo condoreiro do poeta baiano, num recurso que até se poderia dizer épico. Nos versos finais, Castro Alves alinha os mártires da Inconfidência a outros libertários, num claro ampliar de horizontes (citando personagens de outros períodos históricos e cometendo deslizes incompreensíveis):

> É Tiradentes quem passa...
> Deixem passar o Titão
> Súbito um raio o fulmina
> Mas tombou na guilhotina (*sic*)
> (...)
> Lá no rochedo escalvado
> Quem é o grande desterrado
> Maior que Napoleão!?... (*sic*)

De muito menor fôlego, até porque inacabado, é o drama escrito a seguir, provavelmente em 1869, ainda em São Paulo, *D. Juan ou a prole dos saturnos*. Há nele um clima sombrio, uma morbidez que impregnava o imaginário paulistano desde os tempos byronianos de Álvares de Azevedo na década anterior. Há, inclusive, um brevíssimo diálogo com um personagem chamado Macário[4]. Trata-se de um triângulo amoroso entre o conde Fábio, sua mulher Ema (alusão a Flaubert?) e o Dr. Marcus, passado aparentemente na atualidade, sem indicação de cidade.

A cena se abre sobre um palco onde se vê uma sala forrada de veludo negro. No seu centro, um caixão no qual jaz a condessa. Fábio la-

---

4. *Macário*, drama de Álvares de Azevedo (cf. *Teatro de Álvares de Azevedo*. São Paulo: Martins Fontes, 2002. Coleção "Dramaturgos do Brasil").

menta a súbita morte da esposa e é consolado pelo médico Dr. Marcus. O inverossímil entra em cena quando, a sós com a falecida, Marcus a reanima! Na verdade, ele lhe administrara uma poção que induzia a uma aparência de morte (como Julieta, em Shakespeare. Aliás, o filho de Ema se chama Romeu). Sabe-se através do diálogo entre ambos que Marcus se declarara na noite anterior e que Ema corresponde ao seu amor mas não queria desonrar o marido e o filho fugindo com um amante. Marcus, então, lhe propusera esse ardil, pois como médico poderia controlar plenamente a situação. E assim foi feito. Explicadas e reafirmadas as firmes intenções dos amantes, Marcus a recoloca no caixão.

A cena seguinte é mais soturna do que a primeira. Passa-se no cemitério onde Marcus foi desenterrar Ema. Subornando o coveiro, retira a moça do túmulo. Inesperadamente, chegam Fábio e Romeu. Há um instante de grande suspense quando o conde quase abre a lápide para rever a suposta morta. Afinal, desiste da idéia e se vai. Ema, ao ver a cena e rever o filho, quase desiste, mas com o auxílio de Marcus prossegue com o plano.

Esta primeira parte é tudo o que o autor deixou finalizado. Junto ao título da peça, no entanto, havia nomeado os três atos: 1. A vida na morte; 2. A morte na vida; e 3. Saturno. Portanto, *a vida na morte* é a nova vida para Ema e Marcus, que resultou na falsa morte. O que seriam os demais? Para a segunda parte, *a morte na vida*, Castro Alves chegou a fazer um "esboço ou programa da 2ª parte". Nele, o cenário transferiu-se para uma pobre fazenda. Marcus e Ema têm um filho de colo, Roberto. Mentiram aos vizinhos e empregados dizendo ser irmãos. Contudo, há na fazenda uma jovem, Clélia, por quem Marcus se declara apaixonado. Clélia insiste com Marcus para que eles se casem. Ele desconversa e a beija. Ema os surpreende e agride Clélia. Em seguida, manda buscar o pai de Clélia e tenta impedir a saída de Marcus, que diz que não a ama mais. Ema o ameaça de morte, mas ele consegue fugir depois de ferir o pai de Clélia. Esta deixa a cena e num quarto ao lado dá à luz uma criança (!), que é imediatamente roubada por Ema.

Ao que tudo indica, Castro Alves pretendia continuar com os recursos mirabolantes e impactantes. A trama complica-se com uma série de rebentos oriundos de ligações diversas. Se esse padrão de enredo fosse seguido, talvez num último e decisivo ato todos se reencontrassem num desenlace final, não sem antes alguma ameaça de incesto. Haveria a punição da adúltera? do inconstante? A compensação da ingênua?[5]

---

5. Talvez valha a pena lembrar aqui que o nome da mãe de Castro Alves era Clélia e que o pai do poeta também era médico.

Menos misteriosa e mais amarga é a última obra de Castro Alves para o teatro. Escrita quando o autor já se encontrava gravemente enfermo, traz um último suspiro por Eugênia Câmara. *Uma página de escola realista* tem como subtítulo "Drama cômico em quatro palavras". É mesmo uma obra curta, um único cenário, apenas dois personagens, poucos diálogos intercalados por uma canção.

Castro Alves escreveu esses versos inspirado, ao que indica a epígrafe atribuída a um personagem do drama, pela peça do autor francês Octave Feuillet, *Dalila*, de 1857, que vira encenada por Eugênia Câmara e Furtado Coelho. O drama de Feuillet traça o retrato de um jovem músico que abandona seus planos de casamento por um romance com a pérfida "aventureira" Léonora. A relação dos dois dura até André não conseguir mais ter sucesso e ser descartado por Léonora. Tentando reatar com a antiga noiva, André a encontra morta e também acaba morrendo. Feuillet com seu drama queria mostrar a destruição de que essas mulheres fascinantes, manipuladoras e fatais são capazes.

Na peça de Castro Alves há um clima de profunda tristeza. Mário está à morte, deitado numa alcova fria sob um cortinado, cercado de camélias e livros. Fala do fim próximo e escuta Sílvia que canta o destino das "moças galantes" e "viúvas constantes". Mário abraça-a e prende-se a seus cabelos. Crendo-o morto, Sílvia escreve ao amante:

> Paulo! Vem à meia-noite...

Mas Castro Alves quer ter, pelo menos na poesia, a última palavra. Mário volta a si e permite, magnânimo, que Sílvia parta:

> Mário – Sílvia! a morte abre-me os dedos
> És livre, Sílvia... caminha!
> (*morrendo*)
> Minh'alma é como a andorinha,
> Que alegre o fio quebrou.

Castro Alves morreu logo após ter escrito esses versos. Sua poesia certamente rendeu-lhe maiores glórias do que seu teatro. Contudo, não se pode negar o esforço sincero com que compôs sua principal obra, *Gonzaga ou a revolução de Minas*, o que lhe garantiu afinal um lugar na história do teatro brasileiro.

Elizabeth R. Azevedo

CRONOLOGIA

1847. Nasce Antônio Frederico de Castro Alves, a 14 de março, na fazenda de Cabaceiras, freguesia de Muritiba (Bahia), comarca de Cachoeira, próximo de Curralinho, hoje Cidade de Castro Alves. Era filho do médico Antônio José Alves e Clélia Brasília da Silva Castro.

1852-53. Faz seus primeiros estudos em Muritiba e Cachoeira.

1854-57. Muda-se com a família para Salvador. Estuda no Colégio Sebrão.

1858. Transfere-se para o Ginásio Baiano, onde foi colega de Rui Barbosa.

1859. Morre sua mãe, D. Clélia, no dia 10 de abril.

1860. Recita suas primeiras poesias no Ginásio Baiano.

1862. Seu pai casa-se com a viúva Maria Ramos Guimarães. Em companhia do irmão, José Antônio, transfere-se para o Recife, onde freqüenta o curso preparatório anexo à Faculdade de Direito. É reprovado duas vezes em geometria.

1863. Conhece a atriz portuguesa Eugênia Câmara, que participava da turnê da companhia teatral de Duarte Coimbra vinda da corte. Eugênia era dez anos mais velha que Castro Alves e casada com Veríssimo Chaves, guarda-livros da Companhia.
Publica seus primeiros versos abolicionistas.

1864. Em 9 de fevereiro, seu irmão José suicida-se ingerindo quantidade excessiva de remédios. Inscreve-se nos Cursos Jurídicos no Recife. Publica com colegas o jornal *O Futuro*. Sente os primeiros sintomas da tuberculose.

1865. Volta de Salvador, onde estivera desde o final de 1864 e conhecera Fagundes Varela, que chegava de São Paulo. Mora com Idalina. Alista-se no Batalhão Acadêmico de Voluntários para a Guerra do Paraguai, mas o batalhão nunca chegou a se constituir efetivamente.Volta a Salvador com Varela.

1866. Morre seu pai, Dr. Antônio José, em 23 de janeiro. Volta ao Recife e funda com Rui Barbosa e outros colegas uma sociedade abolicionista. 1866 é também o ano das acaloradas disputas no Teatro Santa Isabel entre os admiradores de Eugênia Câmara, chefiados por Castro Alves, e os de Adelaide Amaral, capitaneados por Tobias Barreto, seu colega de turma. A atriz, que já tinha uma filha, abandona o marido e a companhia para estabelecer residência no bairro do Barro com Castro Alves. É aí, numa casa isolada, que ele compõe o drama *Gonzaga ou a revolução de Minas*.

1867. Muda-se para Salvador com Eugênia Câmara, abandonando a faculdade. *Gonzaga ou a revolução de Minas* estréia no dia 7 de setembro, no Teatro São João, em Salvador, encenado por um grupo de amadores sob o comando de Eugênia, nas comemorações dos 45 anos de Independência do Brasil.

1868. De mudança para São Paulo, para acompanhar Eugênia que desejava voltar a sua atividade profissional, faz uma parada no Rio de Janeiro, onde tem seu drama lido e comentado por José de Alencar e Machado de Assis. Na capital paulista, inscreve-se como aluno do 3º. ano dos Cursos Jurídicos da Faculdade do Largo de São Francisco, mas pouco aparece nas aulas. Suas poesias fazem sucesso entre os estudantes e são sempre lidas no teatro da cidade. Em junho, por exemplo, tem uma delas incluída na representação da peça do ex-acadêmico França Júnior, *Meia-hora de cinismo* (a peça foi escrita em 1860). Em 29 de outubro, *Gonzaga* é representado por atores profissionais da Empresa Eugênia Câmara, no Teatro São José.

Meses mais tarde, separa-se de Eugênia Câmara, que se muda para a corte.

Durante uma caçada no bairro do Brás, em 11 de novembro, fere-se acidentalmente com um tiro no pé esquerdo.

1868-69. Data provável para a composição do primeiro ato do drama inacabado *D. Juan ou a prole dos saturnos*.

1869. Em maio está na corte, onde amputa o pé ferido e padece da moléstia pulmonar. Encontra-se pela última vez com Eugênia Câmara no Teatro Fênix Dramática. Depois de seis meses de convalescença, volta a Salvador em 25 de novembro.

1870. Conhece e apaixona-se pela cantora italiana Agnèse Trinci Murri. A conselho médico instala-se, em fevereiro, no sertão baiano. Vem a Salvador apenas para o lançamento de seu livro de poesias *Espumas flutuantes* (Bahia, Tip. Camilo de Lellis Masson). O poema dramático *Uma página de escola realista – drama cômico em quatro palavras* – entra como anexo nessa publicação.

1871. Morre em 6 julho em Salvador.

1875. Publicado pela primeira vez o drama *Gonzaga ou a revolução de Minas* por A. A. da Cruz Coutinho, no Rio de Janeiro.

1896. É escolhido por Valentim Magalhães como patrono da cadeira n.º 7 da recém-criada Academia Brasileira de Letras.

NOTA SOBRE A PRESENTE EDIÇÃO

O estabelecimento dos textos reunidos neste volume foi feito a partir da edição crítica da obra completa de Castro Alves, publicada em 1921 pela Livraria Francisco Alves, no Rio de Janeiro, sob os cuidados de Afrânio Peixoto. A ortografia foi atualizada e os poucos erros tipográficos corrigidos, mantendo-se a pontuação original.

PEÇAS DE CASTRO ALVES

GONZAGA
OU
A REVOLUÇÃO DE MINAS

Drama histórico brasileiro

PERSONAGENS

O DR. TOMÁS ANTÔNIO GONZAGA
D. MARIA DOROTÉIA DE SEIXAS BRANDÃO
O GOVERNADOR VISCONDE DE BARBACENA
O CORONEL JOAQUIM SILVÉRIO DOS REIS
O TENENTE JOAQUIM JOSÉ DA SILVA XAVIER
   (*Tiradentes*)
O DR. CLÁUDIO MANOEL DA COSTA
INÁCIO JOSÉ ALVARENGA
O VIGÁRIO CARLOS CORREIA DE TOLEDO
O TENENTE-CORONEL JOÃO CARLOS XAVIER DA SILVA
   FERRÃO
LUÍS
CARLOTA
PAULO
UM CARCEREIRO
UM CRIADO
DAMAS, CAVALHEIROS, CONSPIRADORES E SOLDADOS

Do drama passam-se em Minas os três
primeiros atos, no Rio de Janeiro o último.
Época – 1789 a 1792.

ATO PRIMEIRO

OS ESCRAVOS

(*A cena representa um bosque brasileiro, dependente da chácara do tenente-coronel João Carlos. À direita e à esquerda grandes maciços de árvores. No fundo, a planície que se perde, num horizonte de montanhas. No primeiro plano, à esquerda, um tronco partido. É ao romper do dia.*)

Cena I

GONZAGA *e* LUÍS

GONZAGA
(*entra vestido de caçador*)
Luís, amarra aí as rédeas deste cavalo e vem ouvir-me.

Luís
Ora, enfim, meu senhor moço me dá uma palavra. Há duas horas que o sigo a trote largo, como a sombra de um mudo, ou antes, há longos dias que o vejo assim.

Gonzaga
Vem cá, Luís, que tenho muito a falar-te: deixa os teus ciúmes, meu velho.

Luís
Ciúmes não, ioiô, mas vendo Vm. aflito, preocupado como agora, sempre a escrever, sempre a trabalhar, sempre a angustiar-se e sem dizer uma palavra, o pobre escravo diz consigo: Luís, velho Luís, foi debalde que o pai desta criança te estimou, foi debalde que o carregaste nos ombros, que lhe ensinaste *as tiranas* na viola e lhe contaste tuas histórias na senzala.

Gonzaga
Não tens razão, meu amigo.

Luís
Não a tenho, sim; eu não a tenho, meu senhor, não posso pedir confiança; mas é que dói muito dever tudo e não poder pagar-lhe nada, nem uma consolação. Vm. me deu a liberdade e eu sou inútil.

Gonzaga
Cala-te, tu não me deves nada. Não achas que um amigo vale mais que alguns cruzados?

Luís
Eu não sei o que custei; sinto o bem que Vm. me deu; quem é branco, quem é feliz, não pode compreender esta palavra – liberdade. Não passa de uma bonita coisa, mas para nós, não. Sabeis o que ela é para o pobre cativo? É ouvir pela madrugada o canto dos passarinhos de Deus sem o canto do chicote do feitor – é, quando o sol tine no pino do meio-dia, não sentir o fogo lavrar a pele nos canaviais, e à noite, em vez da embriaguez da aguardente, que mata a vergonha, beber o ar puro da família, que mata o vício.

Gonzaga
E entretanto, meu amigo, a escravidão é uma parasita tão horrivelmente robusta, que, deslocada do tronco, vai fanar os ramos da vida. Tu és livre, mas eu ainda não pude restituir-te a tua família.

Luís
Ah! sucurujuba do inferno, engole-nos pela sombra, devora-nos os filhos, porque sabe que morreremos.

GONZAGA

Acalma-te, ou antes, preciso é mesmo que nos lembremos do passado. Falemos de tua mulher que tanto bem me queria, de Cora, que me enfeitava de flores os cabelos, que tinha sempre ninhos de pássaros a dar-me. Lembro-me muito da tua infeliz mulher.

LUÍS

Minha mulher, oh! sim, ela era minha mulher... e tão minha que um dia levaram-na.

GONZAGA

Pobre homem!

LUÍS

Ah! é que foi loucura do triste escravo querer ter um leito abençoado por Deus, querer que a mulher que amou, no momento de receber o primeiro beijo, fosse bendita pelos anjos e chamada pelo santo nome de esposa!... mas ah! que quereis? Aos desgraçados só resta o amor e eu dizia então comigo: amemo-nos infelizes, amemo-nos cativos. Ainda nos resta uma ventura. Sofremos, lutamos, temos o chicote nos ombros, a ignomínia na alma, mas ainda há na terra um bálsamo para o corpo, um bálsamo para o coração – o amor de uma mulher, o amor de uma esposa.

Gonzaga

Não te recordes agora da pobre Cora. Embalde minha mãe quis comprá-la ao seu bárbaro senhor. Falemos de tua filha.

Luís

Minha filha, que talvez se afogasse na desonra para fugir à morte, como sua mãe, que afogou-se na morte para fugir à desonra. Oh! santo Deus! Ter uma criancinha pequena, risonha, gordinha, que chora tanto, que faz a gente se zangar, que ri tanto, que faz a gente rir, que nos trepa nos joelhos, que nos puxa a barba, que corre nuazinha para nos tomar a enxada com que não pode, que nos conta mil tolices, que ri, que salta até fazer brotar a alegria na cara e a felicidade na alma… para um dia o senhor arrebatá-la, arrancá-la do meio das veias do coração…

Gonzaga

Luís, se houvesse um homem que te prometesse tua filha?

Luís

Minha filha!… Eu cairia de joelhos, com a minha cabeça branca varrendo o pó de seus pés, eu lhe diria: oh! dai-me a minha pequena, dai-ma por piedade, pela capela de vossa irmã, pelas lágrimas de vossa mãe.

GONZAGA

E se este homem fosse bastante mau para esquecer o teu pedido e só lembrar-se dos seus interesses?

LUÍS

Eu lhe pediria, como suprema ventura, que me deixasse ser seu escravo, ser a sombra do seu corpo, sempre humilde e rasteira, ser seu cão para lamber-lhe os dedos, mesmo quando me ferissem.

GONZAGA

E se este homem quisesse ainda mais?

LUÍS

Que me resta mais, meu Deus? Mas não, ainda posso dar alguma coisa, inda tenho uma faca na cinta, uma mão no pulso, um coração no peito, uma cabeça nos ombros... E se este homem existisse eu lhe diria: é vossa esta cabeça, é vossa, mas em troca do pouco que vos dou, dai-me minha filha.

GONZAGA

Mas, se para obtê-la fora mister mais do que morrer... sim, trabalhar nas sombras, afrontar a luz; de noite ser o réptil do charco, de dia ser o tigre das serras... mentir, lutar, ferir com a prontidão do raio, desaparecer com a prontidão do relâmpago. Se fora mister lutar contra um homem, contra uma província, contra um país, contra dois mundos?

Luís

Basta, senhor... Por maior que fosse este inimigo não seria tão grande como o meu amor. Ver minha filha, ouvi-la chamar-me pelo nome de pai... depois seria nada arrancar a cabeça das espáduas e atirá-la ensangüentada aos pés do meu salvador.

Gonzaga

Pois bem, Luís, em nome da revolução, tua cabeça é minha.

Luís

Sua, senhor!... Então vai já restituir-me a minha pequena? Oh! meu senhor, dê-ma que já me tarda este momento.

Gonzaga

É cedo.

Luís

Cedo!... cedo para vê-la! Não!... é um engano, há longos anos eu a procuro: estou velho de cabeça branca... moribundo e ainda é cedo para vê-la! Oh! senhor, nunca é cedo para ver minha filha.

Gonzaga

Espera, Luís.

Luís

Espera... espera... mas não vê que estou cansado de esperar? Vinte anos... vinte anos caindo, minuto por minuto... vinte anos... vinte, sem luz nos olhos, sem orvalho n'alma... vinte anos... e me diz que espere... A mim, cego moribundo, diz: espera a luz – a mim, afogado agonizante, diz: espera a salvação – a mim, pai solitário, diz: espera tua filha. (*de joelhos*) Mas não, meu senhor, Vm. vai entregar-ma, restituir-ma pelo amor de Deus.

Gonzaga

Luís, eu não posso.

Luís

(*levanta-se*)

Então, por último, não ma dá?... É pois verdade que todos os brancos são tiranos? (*arrependendo-se*) Perdoe-me, perdoe-me, meu senhor moço, mas é que eu não compreendo que desgraças possam trazer as lágrimas de um velho e os risos de uma criança... o sol continuará a brilhar para todos, as árvores darão sempre sombra... tudo será o mesmo. Pois é crime um pai e uma filha se abraçarem?

GONZAGA
Luís, só posso agora chorar contigo, mas ainda que não esteja nas minhas mãos, juro que terás a tua felicidade.

LUÍS
Mas quando poderei vê-la?

GONZAGA
Talvez breve.

LUÍS
Então por que meios abraçá-la?

GONZAGA
Pelo teu heroísmo.

LUÍS
E quem ma restituirá?

GONZAGA
A revolução.

Cena II

GONZAGA, CLÁUDIO, ALVARENGA e O PADRE CARLOS

GONZAGA
Ainda bem, meus amigos, chegais a tempo,

falava de vós. (*a Luís*) Vai ver que ninguém nos interrompa. (*Luís sai*)

CLÁUDIO

Enfim não é verdade, meu caro Gonzaga? Por Júpiter, já me faltava a paciência. Ah! senhores da metrópole, ides enfim saber que este chão é nosso, que a América é dos americanos, como o céu é da ave, como a espingarda é da pólvora. (*voltando-se para os outros que conversam baixo*) Ah! mas agora vejo que conversam em particular, e nem sequer dão-me atenção. Em suma é o mesmo, creio que nada perderão. Vejamos de que se trata.

ALVARENGA
(*a Gonzaga*)

Tens razão, o momento é excelente. Já dói-me ver a raça dos tiranos ferir com o chicote a face de um povo imenso. (*ao padre*) Padre, realizaram-se as tuas profecias… Um dia dizias-nos em nossos pequenos serões literários que a liberdade dos povos seria uma verdade, porque o Cristo não era uma mentira.

PADRE CARLOS

Não era uma profecia… era a letra da Bíblia: foi o Mestre quem o disse: "*eu vim quebrar os ferros a todos os cativos e eles serão quebrados*".

Cláudio
Padre, Cristo era um belo revolucionário. (*interrompendo-se*) Enganei-me... sim... quero dizer, Padre, que se eu não fosse cristão, bastariam para catequizar-me estas palavras sublimes.

Padre Carlos
Palavras sublimes, disseste, e que em breve serão fatos divinos.

Gonzaga
É o que importa, meus senhores, eu pedi-lhes que viessem para receber os seus conselhos. Sabem perfeitamente o estado geral das coisas. A impaciência alcança todos os espíritos, a tirania fere toda a colônia.

Cláudio
Eu creio que só temos a atacar. Já basta de ver cortadas todas as aspirações dos brasileiros. Cada um tem uma ofensa a vingar. Onde vedes, meus senhores, eu tenho assistido a mil desgraças em minha família. Quando o coração de um brasileiro bate, há uma mão de ferro que lhe estanca as pulsações – é a metrópole.

Alvarenga
Quando um braço brasileiro vai pegar o fruto de seu trabalho, há uma voz que lhe diz: é meu. É ainda a metrópole.

PADRE CARLOS

Quando a plebe brasileira quer empolgar um punhado de instrução, há um sopro mau que lhe apaga a luz. É a metrópole.

GONZAGA

Sim! Quando o escravo quer ser livre, quando o trabalhador quer ser proprietário, quando o colono quer ter direitos, quando a cabeça quer pensar, quando o coração quer sentir, quando o povo quer ter vontade, há um fantasma que lhe diz: loucura, mil vezes loucura! O escravo tem o azorrague, o trabalhador o imposto, o colono a lei, a inteligência o silêncio, o coração a morte e o povo trevas. É a metrópole! é sempre a metrópole. E agora, senhores, é preciso que isto acabe. É preciso, mas como?

CLÁUDIO

Meus amigos, à propaganda. Falemos ao povo! Digamos: revolução! e os ecos das nossas serranias repetirão também: revolução!

GONZAGA

Não. O eco do governador nos repetirá: prisão.

ALVARENGA

Façamos clubes ocultos, espalhemos o descontentamento nos soldados, o desespero na população. Mostremos-lhes a fonte de todas as misérias, é talvez o único meio. O imposto é uma calamidade.

Gonzaga

O povo não se moverá. Dirá: tendes razão. Tirai-me deste poste, socorrei-me, porque eu estou cobarde como o escravo grego. Oh! meus senhores, é horrível o domínio de um povo sobre outro. Como a anca do cavalo, a face de uma nação também caleja. E demais, espera-se que o governo da metrópole perdoe os dízimos: quem o diz é o governador. Já vêem que nada conseguirão por aí.

Padre Carlos

Meus senhores, nós chegamos à grande época da regeneração e da liberdade. Além do Atlântico há um povo livre, grande pela força, sublime pelo pensamento, divino pela liberdade, que, através dos mares, nos estende a mão. É a França. A Revolução Francesa protege a revolução de Minas, esta é filha daquela, ou antes, ambas são filhas de Deus. Quando um povo levanta-se do cativeiro, Deus do topo dos Alpes ou do cimo dos Andes empresta-lhe uma espada, como dava as leis no cimo de Sinai. Pois bem, peçamos a este povo irmão auxílio e caminhemos.

Gonzaga

Ainda bem. No exterior temos a França e a União Americana, elas nos protegerão, ou pelo menos esta idéia dará forças aos nossos companheiros, mas eu vou dizer-lhes os nossos verdadeiros recursos. É preciso em primeiro lugar que o governo conspire.

Cláudio

Será difícil resolvê-lo. Deve ser uma bela extravagância, um governo que conspire contra si.

Gonzaga

E eu te digo que é sempre o governo quem conspira. Quem esporeia um cavalo à beira de um precipício há de rolar nele. A metrópole sangra as ilhargas da colônia, pois bem, ela há de cair na revolta.

Cláudio

Mas como decidirmos o diabo do governador a conspirar...

Gonzaga

Não é o visconde governador... é o Dr. intendente-geral. Eu me incumbo disso. Porém, não basta.

Alvarenga

Que mais?

GONZAGA
Eu vou dizer-lhes já. Luís! oh Luís!

Cena III

Os mesmos e Luís

LUÍS
Senhor!

GONZAGA
Vem cá. (*aos companheiros*) Vêem este homem?

CLÁUDIO
Por Deus! é um negro.

GONZAGA
Sabem a que classe pertence?

CLÁUDIO
Um escravo ou um liberto.

GONZAGA
Que é ainda um escravo, se este homem tiver a desgraça de ter mãe, filho, irmã, amante, uma mulher, uma família, enfim, algum desses fios que prendem o homem à vida como a estrela ao firmamento. E sabeis por quê? É que a mãe de

cujo seio ele saiu é escrava e o fruto murcha quando o tronco sofre, é que a mulher que ele tem no coração é escrava e o verme que morde o coração mata o corpo, é que o filho de seu amor é escravo, e o ninho desaba quando o passarinho estrebucha na agonia. E sabem o que este homem quer? Qual é o único sonho de sua noite, a única idéia de seu cérebro? Perguntem-lhe.

CLÁUDIO
Talvez o amor, a ventura sob a forma de um beijo.

LUÍS
Perdoe, meu senhor. Engana-se. Não!

CLÁUDIO
Riqueza para realizar estes castelos doidos de uma imaginação da África?

LUÍS
Ainda não.

CLÁUDIO
Mulheres como nos haréns do Oriente, como os príncipes da África sabem ter?

LUÍS
Não, mil vezes não.

Cláudio
Posição, grandeza, talvez uma farda de governador. Ainda não? com mil diabos, és difícil de contentar.

Gonzaga
Enganas-te. Ele quer pouco, quer o que todos nós temos, quer sua família, quer sua filha.

Cláudio
Então não quer dizer nada. Compreendo: é preciso talvez libertá-la. Aí tens minha bolsa e falemos do que mais importa.

Gonzaga
Guarda a tua bolsa, ela não basta. Admiraste? Eu vou contar-te esta pequena história. Havia, quando eu era criança, meus amigos, em nossa fazenda, uma mulata. Chamava-se Cora. Era uma bonita e boa mulher que um dia apareceu-nos, dizendo ser livre, e que minha mãe acolheu. Pouco tempo depois…

Luís
Eu lhes contarei esta história, meus senhores. Eu a tenho aqui (*apontando o coração*) e é memória que nunca falha… Foi muito simples. A mulher amou um homem, enganei-me, amou alguma coisa que está entre o cão e o cavalo, amou um homem de pele preta. Para que falar

destes amores? O pobre diabo adorava-a, e ela, ela queria-o muito. Oh! nunca compreendereis o amor de dois entes que não têm nada no mundo, nem mesmo o palmo de terra em que pisam, nem o céu que os cobre... Não tinham propriedade – um era a fazenda do outro. Não tinham família – um era a família do outro... Nem mesmo Deus eles tinham, sim! porque um resto de idolatria pelos fetiches do Congo, misturado com um bocado de história de feiticeiros e um copo d'água benta que um padre lhes atirou à cabeça não era religião... O Deus deles?!... tinham-no, ainda um no outro... nestes longos suspiros embaixo das bananeiras da fonte, nestas conversações mudas nas horas do luar nas solidões, nas lágrimas que caíam juntas para o chão, nos olhares que se levantavam juntos para o céu. (*enxuga uma lágrima com voz precipitada e irônica*) Depois não quiseram ser prostituídos... Ah! ah! ah! que doidos! Casaram-se... Deus parecia também estar num dia de ironia... Deu-lhes uma filha... (*cada vez mais sombrio*) Um dia um homem chegou à fazenda... Era à tarde... ainda me lembro. Caíam as sombras por detrás da serra – o sabiá cantava nos coqueiros da mata, e uma doce tristeza rodeava as senzalas. O negro e a mulher de volta do trabalho, sentados à porta da senzala, brincavam com uma criancinha que esperneava rindo no chão. Como era linda! Neste momento tocavam as ave-marias. A mulher levantou-se apanhando a criança e começou risonha e feliz a ensinar-lhe uma oração... O pai olhava este quadro, louco de felicidade... De repente uma chicotada interrompeu o nome de Deus na boca da pobre mãe e uma chuva de sangue inundou a criancinha que continuou a rir.

ALVARENGA, CLÁUDIO e PADRE CARLOS
Miserável!...

LUÍS
Era o que ia dizer-lhe a ponta de uma faca, mas no ouvido das entranhas... quando muitos braços agarram o negro pelas costas. Amarram-no ali mesmo e então, enquanto o sangue e a loucura subiam-lhe aos olhos, ele ouviu isto. O estrangeiro dizia: tu vais ser castigada com teu filho. A desgraçada ousou ajoelhar-se... creio que despiram-na e ali mesmo os açoites estalaram... Sim... lembro-me que de vez em quando um borrifo de sangue acordava-me do meu delírio. E eu... só tinha ao alcance o meu braço, por isso estrafegava-o com os dentes...

ALVARENGA, CLÁUDIO e PADRE CARLOS
Eras tu, infeliz?

LUÍS
Parece-me que sim... (*mostrando-lhes uma grande cicatriz no braço*) parece-me que é isto...

ALVARENGA *e* CLÁUDIO
E tua mulher?

LUÍS
Poucos dias depois, enquanto eu estava preso, soube que se havia afogado num rio.

CLÁUDIO
E tua filha, tua pobre filha?

LUÍS
Seu senhor morrendo, venderam-na não sei a quem; procuro-a desde então... procuro-a, meus senhores... eis tudo o que eu sei. Perdi-a, eis tudo quanto sinto...

CLÁUDIO
E nunca mais tiveste um só indício de tua filha?

GONZAGA
Eu te digo. Há dias falava eu com Joaquim Silvério, um dos nossos melhores companheiros...

LUÍS
(*à parte*)
Um homem com cara de traidor.

GONZAGA
E por acaso a conversação caiu sobre Luís. Dizia-lhe eu que este era um homem forte, inte-

ligente e dedicado, e que já aqui, já em Coimbra, me havia acompanhado e talvez, para consolar-se de suas desgraças, tinha aprendido a ler, fazendo-se muito instruído para sua triste condição... Continuei contando-lhe a sua pequena história e a perda de sua filha. Então disse-me Joaquim Silvério: eu poderia entregar-lhe esta rapariga. Luís é teu amigo, mas é mister que o seja da revolução... eu guardo a pequena como penhor de sua fidelidade.

CLÁUDIO

E por que não o fizeste entregar ao pobre escravo sua filha? Isto é uma infâmia. Aquele homem, meus senhores, cuidado com aquele homem. Olhar desconfiado, mão traiçoeira.

ALVARENGA

Não é talvez um pensamento generoso, mas é um meio prudente, se é que Luís tem de tomar parte nos nossos segredos e de ser um dos companheiros...

LUÍS

Não! mil vezes não! Dêem-me minha filha, porque eu serei calado como um túmulo, frio como o ferro de minha faca, terrível como a fatalidade. Mas se não ma entregam, eu digo: este senhor Silvério é um mentiroso, um miserável que quer que o sirva em suas maquinações;

mas que eu não acompanharei, porque nesta teia horrível, nunca encontrarei minha filha... (*com desespero*) Digam-me, meus senhores, quem me dará minha filha?

GONZAGA
Ainda a revolução.

TODOS
Como?

GONZAGA
Eu vo-lo digo, meus senhores. Um dia (já lá vão séculos), era ao cair da tarde. Nas ruas soberbas de Jerusalém a turba desenfreada ulula, tinem os arneses dos soldados de César, estridulam as gargalhadas da plebe louca: e uma voz dizia nas praças: "Passai, fariseus, envoltos em vossas ricas togas; passai, soldados escravos de Roma; passai, grandes da terra – tendes por toro o Calvário, por vinho o sangue de Deus." Mas uma outra voz levantava-se do deserto e clamava: "Chorai, lírios do vale de Cedron, chorai, pálidas filhas de Sião... chorai, desgraçados, chorai, cativos – o moço de Nazaré, o louro mancebo que nos enxugava os prantos da ignomínia, que prometia quebrar os ferros de todos os escravos já não existe. O amigo da desgraça morreu..." Mas quando o último hálito do Deus vivo rasgou a cortina do templo, quando na luz de seus

olhos eclipsou-se o sol do universo, então o anjo da igualdade, agitando as asas, ensopadas em sangue, sacudiu o verbo da liberdade aos quatro ventos do céu.

Cláudio

Oh! mil bênçãos a ti, mancebo de Nazaré!

Luís

Maldição sobre vós, senhores, que esmagais vossos cativos.

(Ouve-se uma voz que canta ao longe.)

Eu sou a pobre cativa.
A cativa d'além-mar.
Eu vago em terra estrangeira
Ninguém mo quer escutar.
Tu que vais a longes terras.
Ó viajeira andorinha,
Vai dizer a minha mãe
Que eu vivo triste e sozinha.
Mas diz à pobre que espere,
Que o vento me há de levar.
Quando eu morrer nesta terra,
Para as terras de além-mar.

Gonzaga

Não, pobre cativa, tu não gemerás até a morte. Não, tu não irás como tuas companheiras atirar-te um dia nas lagoas, crendo que vais reviver em tua pátria. Não, infeliz! Em breve, sob estas selvas gigantescas da América, a família brasileira se assentará como nos dias primitivos... Não mais escravos! não mais senhores. Todas as frontes livres poderão mergulhar o pensamento nos infinitos azulados, todos os braços livres hão de sulcar o seio da terra brasileira. (*a Luís*) Luís, pobre desgraçado! deve ser um dia sublime aquele em que as crianças souberem o nome de seus pais, porque suas mães serão esposas e não meretrizes... em que as virgens murmurarem sem pejo o nome de seus amantes, porque não serão mais poluídas pelo beijo dos senhores devassos... em que os velhos sentados à beira dos túmulos abençoarem sua geração, porque a túnica da ignomínia deixará de acompanhá-los através dos séculos como o ferrete do judeu maldito!...

Luís
Oh! venha este santo dia.

Gonzaga
E ele virá em breve, porque o sangue de Cristo não caiu embalde sobre a terra. Almas de moços, frontes cheias de fé, nós juramos pelo mártir do Gólgota a remissão de todos os cativos.

Luís
(*a Gonzaga*)

Senhor, eu procurava uma filha, agora procuro duas: Carlota e a revolução.

GONZAGA
Sim: liberdade a todos os braços! Liberdade a todas as cabeças.

Cena IV

Os mesmos, menos LUÍS

(*Ouve-se um rumor às primeiras palavras de Gonzaga. Luís sai.*)

GONZAGA
(*caminhando precipitadamente para o fundo*)
Um homem que se dirige para aqui… É talvez alguma coisa extraordinária… que carreira desabrida… não há dúvida. (*vindo à boca da cena*) O que teremos de novo? Aquele cavalo e aquele homem parecem-me conhecidos. Meus amigos, creio que temos uma coisa imprevista (*dirige-se ao fundo*), vai passar-se uma desgraça.

CLÁUDIO
Olá! que formidável salto!

GONZAGA
Ah! mas o homem está salvo!

(*Todos estão por algum tempo olhando fixamente para a direita.*)

Cena V

Os mesmos, Luís *e* Silvério

Todos
Silvério!

Silvério
Ele mesmo, meus amigos, quando me julgavam talvez muito longe. Ah! e por pouco que me não acho agora inda mais do que esperava, porque, a falar-lhes a verdade, chego em linha reta das plagas do outro mundo, da província de Satanás, capital das mulheres bonitas e dos homens de bom gosto. (*a Gonzaga*) Ah! meu caro, sempre te direi que o teu cavalo é terrível e dá tão belos pulos que bem pode atirar um homem através das estrelas, nem mais nem menos que nas barbas da eternidade. Safa! Que a não ser o Luís, a estas horas não poderia mais molhar minha espada no sangue de um tirano, nem minha boca num beijo de mulher...

Luís
Nada, Sr. Silvério, é que eu e o murzelo já somos conhecidos velhos... mas o bom do ca-

valo parece que foi ferido mais do que esperava no seu orgulho ou nos seus flancos… do que Vm. não tinha muita necessidade, honra lhe seja feita.

SILVÉRIO

Não tinha necessidade!… Achas que só por prazer eu me arriscaria no lombo daquele maldito animal? Imaginem, meus senhores, que eu chegava a toda brida da Cachoeira do Campo. (*a Gonzaga*) Ao bater em tua porta minha montada cai estafada. Safo os pés dos estribos, procuro por ti, disseram-me que estavas em Vila Rica. Mando selar outro animal e parto. O cavalo fogoso e esperto começa a caracolar e a escarvar o chão. Impaciente com a demora, cravo as esporas… o mais não sei… três galões terríveis… e os ventos me assobiavam nos ouvidos e as crinas açoitavam-me o rosto e a terra era engolida pelas patas de ferro que a devoravam. Árvores, nuvens, planícies e vales dançavam uma sarabanda vertiginosa, ou passavam galopando a assobiar-me pela cabeça. Ora, no topo de um monte, já no fundo de um vale rápido como o vento, nós rolávamos desvairados… De repente vejo um fosso. Upa! murzelo! Upa! o salto foi mortal, partiu-se a silha e eu iria rebentar a cabeça numa lapa, se um braço de Hércules não tivesse sofreado o cavalo e outro me amparado na queda.

GONZAGA
Mas felizmente estás salvo...

SILVÉRIO
Gratias tibi Domine.

GONZAGA
O que é uma grande felicidade; porque neste momento...

SILVÉRIO
Maior mesmo do que podem supor.

CLÁUDIO
(*com ironia*)
Que diz, Sr. Silvério! Parece que se lisonjeia.

SILVÉRIO
Nada, quase nada. É que afinal meteu-se-me na cabeça prestar para alguma coisa. É uma extravagância como qualquer outra. Imaginem, meus senhores, que sou homem que não merece muita confiança nem mesmo simpatia, porque enfim sou um pouco o favorito do governador há algum tempo... mas que tenho o capricho de fazer gratos mesmo os que me odeiam... (*olhando Cláudio*) e de gozar do seu embaraço... Ah! ah! ah! mas que diabo! deixemo-nos de palavras perdidas... O tempo urge... Dizias tu, Gonzaga, que este momento...

Gonzaga

É o que há longo tempo esperamos. Os ricos que protegem suas propriedades como a onça os cachorrinhos, urram e amolam os dentes... Nós açularemos a onça!

Alvarenga

Os pobres que sentem o suor de todas as agonias pela testa, desesperam e preparam-se a morder. Nós animaremos o cão.

Luís

Os escravos sonham com a liberdade e abalam com sinistro movimento suas cadeias. Nós levantaremos os escravos.

Silvério

Mas eu lhes digo que para o tigre há o raio. Para o cão a pedra. Para o escravo a forca.

Gonzaga

Mas quem vibrará o raio? quem lançará a pedra? quem erguerá a forca?

Silvério

O governador.

Gonzaga *e todos*

Maldição! O governador!

GONZAGA
E que fará o governador?

SILVÉRIO
Chegará em breve a Vila Rica.

GONZAGA
Oh! desespero! (*todos grupam-se ao fundo*)

SILVÉRIO
(*à parte, à boca da cena*)
Por Deus! Parece que joguei a maravilhas. O momento era desesperado. Era preciso intimidá-los, porque talvez estes endiabrados conseguissem o seu fim. E neste ponto, quanto mais cedo melhor. O visconde estará aqui em breve, talvez hoje mesmo; entretanto, antes disto poderia romper a revolução, contando eles com a sua ausência. Bravo! Destarte plantei a confiança nestes e a gratidão naquele.

GONZAGA
Quando chegará o governador?

SILVÉRIO
Breve. Talvez daqui a dois dias. (*à parte*) Talvez daqui a duas horas.

GONZAGA
E sabe-se para onde vai?

SILVÉRIO
Crê-se que para o Rio de Janeiro.

GONZAGA
Bem. É preciso partirmos, meus amigos. Até lá seremos os mineiros da revolução, os trabalhadores das trevas, e quando o visconde desaparecer, desaparecerá o poder de Portugal.

CLÁUDIO
Vamos prevenir o Tiradentes.

GONZAGA
Sim... (*todos grupam-se em torno dele, na boca da cena, falando baixo. Gonzaga escreve por algum tempo*)

SILVÉRIO
Doidos que não sabem que cada passo que dão para a liberdade é um degrau que sobem do patíbulo.

Cena VI

Os mesmos e no fundo CARLOTA

SILVÉRIO
(*dirigindo-se a ela rapidamente*)
Daqui a instantes te espero.

CARLOTA
Sim, meu senhor.

Cena VII

Os mesmos, menos CARLOTA

GONZAGA
Partamos, meus amigos, cheios de confiança e de coragem. Nós temos a pátria da liberdade sobre nossas cabeças e a pátria escravizada sob nossos pés. Viva a América independente!

TODOS
Viva a América independente! (*vão saindo pouco a pouco, em diferentes direções*)

GONZAGA
Oh! Maria! amanhã serás minha e o teu amor far-me-á inviolável como Aquiles. (*sai por último*)

Cena VIII

SILVÉRIO *e* CARLOTA

SILVÉRIO
Passa para aqui, vamos com isso. Depressa, depressa. O que há de novo? Ah! (*gesto de Car-*

lota), parece-me que ainda estás com escrúpulos! Pois tu queres ter virtudes?

Carlota

Meu senhor!

Silvério

Vamos! O que há?

Carlota

Basta, meu senhor, basta pelo amor de Deus. Não me obrigue a fazer tanta traição. Eu já não posso mais. Espiar, vender as pessoas que amo, que me abençoam, que me querem, que lavam todas as minhas humilhações com o seu amor! Ah! piedade!... Sim!... Às vezes, quando eu os escuto, descansados como se falassem junto a uma irmã, vou pouco a pouco esquecendo-me de mim naquelas boas confidências, mas de repente parece que um braço de ferro me agarra o pulso e uma voz me grita aos ouvidos – "denunciante!" Oh! então estremeço... e olho em torno de mim para ver se ninguém ouviu este grito! mas eles continuam risonhos e felizes a falar... Sim... é assim; tenho ímpetos então de arrancar esta máscara negra e dizer-lhes: perdão!... mil vezes perdão.

Silvério

Pois bem, arranca a máscara e me farás conhecer a minha escrava Carlota.

CARLOTA

É verdade. Eu sou sua escrava, meu senhor; mas, para que me faz passar por livre, gozar de todos os prazeres da independência, ser a irmã quase de D. Maria? Não! Eu não quero mais; neste instante irei dizer-lhe: minha senhora, eu roubei a sua confiança, roubei o seu amor; pois bem, Carlota, a escrava, vem denunciar Carlota livre; amaldiçoe esta, mas lembre-se daquela.

SILVÉRIO

Bem! Aposto que foi algum confessor que te pregou este lindo sermão... É um belo pedaço. Em que livro furtaste isto, Carlota?

CARLOTA

Aqui. (*apontando o coração*)

SILVÉRIO

É verdade! Tu tens coração? Não sei, mas o que é certo é que és bem linda... falavas com tanta animação que fizeste notar a beleza de teus olhos, e que lindas mãozinhas! (*pegando-lhe nas mãos*) parece que estás tremendo! que pele sedosa! és bonita, Carlota. Ora, seria tirania fazer com que estes dedinhos de rosa empunhassem uma enxada e esta formosa odalisca fosse para a senzala.

CARLOTA

Oh! Empregue-me em outro trabalho; mas, pelo amor de Deus, arranque-me de tanta maldade.

SILVÉRIO

De fato, agora penso... nisto. Tu tens um amante, não é assim? Um namorado? Creio que um dia me falaste nisto... Querias casar... ou coisa que o valha!...

CARLOTA

Sim, meu senhor, com um pobre escravo como eu!

SILVÉRIO

Ah! o tratante tem gosto de senhor. Creio também que tens um pai, que procuras há muito tempo. Como será lindo!... Casada, feliz... com seu velho pai para amparar e uma porção de filhinhos nos joelhos, e teu marido...

CARLOTA
(*de joelhos*)

Oh! obrigada! obrigada, meu senhor, Deus o abençoe.

SILVÉRIO

E o diabo te leve, estúpida criatura! Basta de comédia!

CARLOTA

Ah!

SILVÉRIO

Sim, vai ser honrada, arranca a máscara e tu serás a mais desgraçada de minhas escravas. Terás em recompensa o chicote do feitor.

CARLOTA

Piedade!...

SILVÉRIO

Creio que voltas à razão.

CARLOTA

(*com voz forte*)

Pois bem, meu senhor, o chicote não me desonrará! Inda há um Deus do céu...

SILVÉRIO

(*ameaçando*)

Mas sabes o que há na terra? Creio que falaste agora na tua honra. Pois bem, o teu noivo saberá que tu és minha amante... porque amanhã o serás, e depois te entregarei aos mais repugnantes negros de minhas senzalas.

CARLOTA

Oh! meu Deus, meu Deus! dá-me força. Pois bem, Sr. Silvério, ouço uma voz que me diz que a minha desgraça será contada como uma virtude no céu e me dará a vida eterna.

Silvério
E a morte a teu pai.

Carlota
Que diz? O que é que diz? Mas ele nunca o saberá.

Silvério
Não? Pois então sabe que eu o conheço e que, quando estiveres mais negra de desonra do que a lama de minhas botas, eu farei com que o pobre velho venha morrer de vergonha ao ver sua filha. Ah! agora me ouves? Tu matarás teu pai, desgraçada!

Carlota
Meu pai! meu pai!...

Silvério
Escolhe... ou denunciante... ou parricida!...

Carlota
Ah! Quebrou-me enfim! (*enxuga os olhos*) Bem, estou pronta.

Silvério
Diabo! fizeste perder tempo. Fala.

CARLOTA
Um dia destes será a revolução.

SILVÉRIO
Não será… já sei. Adiante.

CARLOTA
Esperam-se as tropas de Tiradentes.

SILVÉRIO
Adiante. Adiante.

CARLOTA
Nada mais sei.

SILVÉRIO
Fazes-te estúpida. E Maria e Gonzaga?…

CARLOTA
Casam-se.

SILVÉRIO
Quando?

CARLOTA
Daqui a três dias, pelo menos o esperam.

SILVÉRIO
Que estás dizendo? Vê bem o que estás dizendo… não mintas. Não vês que isto é impos-

sível? Há dois anos que eles pedem o consentimento da corte de Portugal e ainda não receberam resposta alguma, graças à influência do governador. Agora é impossível que eles o obtenham… e vens tu dizer-me que este casamento se fará daqui a três dias. Por Deus! parece que nada sabes. Pois então aprende que as pessoas importantes do Brasil não se podem casar sem prévio consentimento do governo português.

CARLOTA

Sim! isto é a lei de Portugal, mas que se esquece de uma lei não menos poderosa – a do desespero.

SILVÉRIO

Oh! (*passeia agitado*) E o governador! Estou perdido!… Esta revolução… (*rápido a Carlota*) Carlota, é preciso que me surpreendas qualquer papel comprometedor. Lembra-te de teu amante e de teu pai… estes papéis! e eles serão teus. Vamos prevenir o visconde. Agora guarda bem estas palavras: no dia em que eu cair da graça do governador, esta cabeça cairá de teus ombros.

Cena IX

CARLOTA, *depois* MARIA

CARLOTA
(*caindo sobre o tronco*)
Oh! minha mãe, por que não me afogaste ao nascer?

MARIA
(*falando dentro*)
Carlota! como te fizeste esperar! Vem cá! vou descansar um instante nesta sombra. (*senta-se sobre o tronco*) Meu Deus! como estou triste… Oh! há muito tempo que o não vejo, não é verdade, Carlota?

CARLOTA
Não minha senhora, há apenas três dias.

MARIA
Mas que dias longos, dize antes três séculos. Vem tocar-me aquela melodia… vai buscar a guitarra na mão das escravas que esperam acolá… (*aponta a direita alta – Carlota vai à esquerda alta e volta com uma guitarra. Senta-se aos pés de Maria e começa um prelúdio*) Oh! como estes versos são lindos, meu Deus! Haverá maior felicidade do que ser amada por ele… há uma apenas – é amá-lo… A minha única consolação é lembrar-me destes cantos, que ele me murmurou a medo, de joelhos, humilde e orgulhoso, trêmulo como uma criança; ele, o poeta, soldado; ele, o grande homem; ele, o he-

rói. Vamos, Carlota, acompanha-me a canção da fonte. (*Carlota acompanha, Maria canta a seguinte lira:*)

Junto a uma clara fonte
A mãe de Amor se sentou:
Encostou na mão o rosto,
No leve sono pegou.

Cupido, que a viu de longe,
Alegre ao lugar correu;
Cuidando que era Marília
Na face um beijo lhe deu.

Acorda Vênus irada:
Amor a conhece; e então
Da ousadia, que teve,
Assim lhe pede perdão:

"Foi fácil, ó Mãe formosa,
Foi fácil o engano meu;
Que o semblante de Marília
É todo o semblante teu."

(*Nas últimas coplas Gonzaga tem entrado e se aproxima silenciosamente de Maria.*)

Cena X

As mesmas e GONZAGA

MARIA

Gonzaga!

GONZAGA

(*que tem entrado às últimas notas do canto*)
Maria!

MARIA

Oh! és tu?

GONZAGA

Eu mesmo, Maria, eu que ouvi tudo. Ah! tua voz cantava-me no coração como um sussurro das aves no céu! Toda a minha alma tremia como a flor cheia de orvalhos. Mas tu me amas? Não? Sim, meu Deus! eu o sinto... Ai! se tu não me amasses, eu morreria.

MARIA

Amar-te!... Mas eu sou o peito, tu és o ar, eu sou o ninho, tu és o pássaro, eu sou a lagoa, tu és o céu, eu sou a alma, tu és o amor... Amar-te! meu Deus! mas é tão mau perguntar-me estas loucuras! Ah! meu senhor, tu és um homem, podes ser um herói, tu és um homem, podes ser um gênio, tu és um homem, podes ser um rei; eu sou uma mulher, meu heroísmo é ver-te, meu gênio é escutar-te, minha coroa é o teu amor. Mas eu estou te dizendo mil loucuras. Tudo isto não diz nada... Tu me perguntas se eu te amo. Ah! eu sou uma pobre órfã, mas quando à noite murmuro baixinho o nome de minha mãe, pergunto à minha Virgem que palavras é que eu suspiro como o hálito de minha alma! É teu nome... tu não sabes o que é um amor de americana? É alguma coisa grande como estas florestas, sombrio como estas brenhas, ardente como as flores escarlates do sertão, luminoso como o sol dos trópicos. É alguma coisa que entumece o coração, alguma coisa que ilumina a cabeça. Não o sentes aqui? (*leva a mão ao coração*) Não sentes aqui? (*leva a mão à cabeça*)

Gonzaga

Oh! Maria, meu anjo, eu o sinto... mas precisava ouvir-te, agora. Tu não sabes quanta força às vezes nos dá uma voz fraca de mulher... é alguma coisa flexível como a cana dos brejos que ameiga a face do rio nas horas da enchente... Porque eu sofro... Vejo nossa pátria escravizada, nossos irmãos cativos e tu, Maria, e tu, sempre arrancada de meus braços... por esse poder estúpido da metrópole... Vês bem? tu não sabes que horas de desalento passam-se então no espírito... Corre-me um suor de vergonha no rosto, um frio de morte no coração e minha espada de cavaleiro tressua sangue na bainha... e eu desmaio de abatimento. Oh! mas quando eu te escuto...

Maria

E eu não sou mais que uma pobre mulher. Dizem que as mulheres são a fraqueza. É mentira. Não há nada tão forte quanto uma mulher que ama. Eu tremo ao menor ruído; para que mentir? Sou tímida e medrosa, mas ao pé de ti eu desafiaria o mundo.

Gonzaga

Ainda bem. Eu preciso de toda a tua energia. Amanhã eu quero que sejas minha... O governador deve chegar daqui a dois dias. É preciso que ele nos encontre casados... Hoje escreverei a teu tio, e amanhã, oh! amanhã, Maria, será o dia mais feliz de minha vida.

Maria

Sim! Amanhã... Não sabes, meu amigo, tenho pena de que minha mãe não me veja, porém ela neste momento de uma felicidade tão pura há de levantar as cortinas do céu e lá de cima nos abençoar, não é assim? Meu Deus, como eu sou feliz! O governador não virá. Oh! aquele homem é o corvo negro da desgraça. Eu tenho medo daquele homem. Mas não. Teu amor é um escudo. Não te esqueças que é amanhã. Não sei o que me diz o coração, mas é preciso que corramos atrás da felicidade, porque tenho medo!

Gonzaga

Oh! obrigado. Mas tens razão, Maria! Nestes dias tempestuosos eu receio a cada instante um comprometimento. Vês estes papéis? São todos os planos da revolução, tudo quanto eu possuo de mais perigoso. Só há um homem que os possa guardar, é o tenente-coronel João Carlos, é teu tio. Eu sei que ele deixar-se-ia matar sobre o meu depósito. É um tipo severo e honrado – busto de Catão num coração de Esparta. (*dá-lhe os papéis*) Entrega-lhos, e agora, Maria, agora, eu já te posso chamar minha noiva! Ouves bem? minha noiva.

Maria

Sim; chama-me assim... Parece que agora me vibrou na alma a asa de um cisne branco, fugitivo!... Fala! Fala! como o céu está puro! como os campos estão lindos. Maio enfeitou-se de flores para o nosso noivado. Deus nos olha na limpidez deste céu azul. Oh! como sou feliz! Fala, fala, Gonzaga!

Gonzaga

Maria, tu és um anjo.

Maria

Oh! não, os anjos não sabem amar como eu te amo. Ouves bem, eu te amo! meu Deus! eu não sei dizer outra coisa. Olha, há pouco eu tive medo; mas agora já estou forte. Que me importa o visconde? o corvo tem medo da águia e tu és a águia, meu amor.

Gonzaga
Porque tu és o sol! meu anjo. (*cai de joelhos e dá-lhe um beijo na mão. Às últimas palavras de Maria o governador e Silvério têm entrado*)

Cena XI

Carlota, Maria, Gonzaga, o governador e Silvério

O governador
(*vestido de preto, ao fundo*)
Oh! miserável! (*puxa de um punhal e dá dois passos*)

Silvério
(*detendo-lhe o braço*)
Não dareis um passo.

O governador
(*prevenção*)
Pois tu ousas? Canalha!

Silvério
Salvar o governador e sua vingança. (*ouvem-

se ao longe as trompas de caça e o motim de muitos cavaleiros)

Gonzaga *e* Maria
(*voltando-se*)
O governador!

O governador
(*cumprimenta de leve a Gonzaga; faz um passo para Maria, beijando-lhe a mão*)
Senhora! o corvo é o pássaro das trevas, mas quando a águia dorme, vela o corvo! Há instantes, houve uns lábios que se molharam aqui num beijo, amanhã haverá uma corda que se molhe em sangue.

Maria
Ah! (*desmaia sobre o tronco, ao cair deixa rolar após si um maço de papéis; todos grupam-se em torno, enquanto Carlota os apanha*)

Carlota
(*erguendo os papéis na mão*)
Estes papéis perderam minha alma; mas estes papéis salvarão meu pai!...

(*Fim do Ato Primeiro.*)

ATO SEGUNDO

ANJO E DEMÔNIO

(*Sala, ricamente mobiliada segundo a época. Ao fundo jardim iluminado* a giorno.)

Cena I

Tiradentes, Cláudio, Alvarenga *e* padre Carlos

(*Vários cavalheiros e senhoras passeando ao fundo.*)

Cláudio

Ora havemos de concordar, meus senhores, que a isto chama-se atirar-se à boca do lobo. É a história do pajem que dançava à beira de um precipício. Pois bem. Nós agora dançamos sobre a escada do pelourinho... Falseie o pé... e ficaremos suspensos pelo pescoço.

TIRADENTES
É o mesmo. Às vezes um baraço no colo de um homem é o tosão de ouro da sua realeza de mártir.

CLÁUDIO
Ah! meus senhores, eu nunca o quereria. Deve machucar as rendas, estragar a elegância dos nossos vestidos... e, demais, é um pouco ridículo passear de *robe-de-chambre* pela rua com um *pregoeiro* que nos soletra horrivelmente o nome... e o carrasco imundo como o carniceiro a falar com um certo ar de proteção... Nada! nada! abomino a forca... E se temos alguma dama que nos olha nessa tão irrisória posição, ouvi-la-emos dizer talvez ao moço com quem conversa na varanda: "Sabe quem vai ali? Um condenado. Meu Deus... como é feio um condenado!..." Meus senhores... um condenado é uma espécie de rês bípede... nada! fora com a forca.

PADRE CARLOS
Mas Cristo morreu sobre a forca.

CLÁUDIO
Mas Catão apunhalou-se. Viva o punhal. A

arma das sultanas e das espanholas, das mulheres mais lindas do mundo. Padre! bem vês que eu tenho o direito de escolher o punhal. É galhardia de cavalheiro. Mas agora vejo que estamos lúgubres como a máscara do governador quando se ri, ou como uma velha que fala de amores; é preciso que estejamos alegres, meus senhores, reparem que viemos aos lindos esponsais. Ah! A época é de esponsais. Breve os convidarei aos meus. *Glauceste* espera enfim vencer a tirania de sua Eulina.

Tiradentes

Bem; mas a nossa verdadeira noiva, Cláudio, é esta pobre terra, que é nossa pátria.

Cláudio

Não implica! O coração a uma, a outra o braço. É puro *Rouget de l'Isle*, meus senhores, plena Marselhesa... dá-me ímpetos de cantá-la nas barbas do viso-rei*. E a propósito do visorei, viste-o?

Tiradentes

Pudera não. Se eu volto agora do Rio de Janeiro. Vi Luís de Vasconcelos, meus senhores. E bem lhes digo que não duvidei mais um instante. Levantei as tropas que ergueram-se à minha

---

* Forma antiga de vice-rei.

voz como um só homem e a não ser a vontade tímida dos senhores, a estas horas...

Alvarenga

Diga antes, Sr. Tiradentes, que a presença do governador estragou tudo.

Tiradentes

O governador? E que me importa o governador? Esta espécie de homem crocodilo, este ridículo Tito do Estado, este devasso visconde de Barbacena? Ah! eu não sou mais que um pobre tenente do exército, mas afirmo-lhes que, a não ser a prudência infantil, ou grande política dos senhores, como lhe chamam, eu já ter-lhe-ia surrado as costas com o pano da minha espada.

Cláudio

Olá! seria difícil... O visconde é um homem terrível, que traz sempre à sua frente a hipocrisia, às suas costas o carrasco.

Tiradentes

E nós, senhores, nós (*dirige-se à esquerda baixa a uma janela, cujo reposteiro levanta*), temos à nossa frente o direito, sobre nossos passos o povo. Vejam, meus senhores, estas luzes brilhantes e multiplicadas.

CLÁUDIO
São os cem olhos de Argos.

TIRADENTES
São os cem olhos do povo! Quando os homens dormem, fecham as pálpebras; quando as cidades dormem, abrem os olhos; é Deus quem vela. Oh! parece-me que neste instante Vila Rica, que nos espia das trevas, é a cabeça destes sertões imensos, que por aí além se estendem como um corpo de Adamastor... e esta cabeça tem olhares que nos queimam o sangue nas veias, e o rugido do vento nas florestas seculares é a voz de uma nação imensa que dialoga conosco! E nós descansamos... quando meus soldados pegam os copos da espada, quando os escravos empunham o cabo do machado, quando a capitania agarra o facho. Ah! senhores! fogo aos quatro cantos do continente, a foice aos troncos do despotismo, a espada ao coração dos tiranos e deste incêndio tremendo voará, como das hecatombes romanas, não a águia que leve a alma do imperador, mas o condor que levante a liberdade do meu país.

CLÁUDIO
Inda bem! Inda bem! Eu estou pronto.

ALVARENGA
Isto é uma imprudência e uma falta de confiança. Gonzaga nos pediu dois dias de demora.

PADRE CARLOS
Dois dias passam depressa.

TIRADENTES
Dois dias! Enfim, seja! Pesa sobre vós a responsabilidade do ato! Eu lavo as mãos!

CLÁUDIO
Então! Amanhã à revolução, hoje ao baile! E enquanto não podemos dar o braço à pátria, ofereçamo-lo às damas. Copos por copos, meus senhores; amanhã os da espada, hoje os do Reino! Oh! eis que a propósito passa um pajem! Olá!

Cena II

Os mesmos e LUÍS

CLÁUDIO
És tu, Luís?

LUÍS
(*vestido de pajem com uma salva de copos*)
Eu mesmo, meu senhor, que procurei um pretexto para vir dizer que Vms. falam muito alto e que há muitos ouvidos que escutam.

CLÁUDIO
É talvez verdade, mas pouco importa.

LUÍS

Não queiram que a imprudência iguale o ânimo. Ah! são palavras de um preto, mas são também palavras de um velho... E perdoem! mas a velhice tem o capricho de nos fazer um pouco brancos. (*apontando os cabelos*)

CLÁUDIO

Olá, velho Luís, pareces hoje um tanto alegre?... Hein?

LUÍS

Hoje sim... mas amanhã... (*olha em torno de si*) Bebam, meus senhores! Gritem, porém não falem, cantem porém não gemam. Cada janela espia... cada eco denuncia, cada cortina esconde um traidor, cada tábua um cadafalso... É a alma danada do governador que se multiplica. (*tem enchido os copos*)

CLÁUDIO

Pois bem, meus amigos, ergamos um brinde à liberdade! (*todos chocam os copos e bebem*) E à morte do governador! Ah! ah! ah!

Cena III

Os mesmos, O GOVERNADOR, O TENENTE-CORONEL SILVÉRIO *e um* PAJEM

O PAJEM
*(na porta central do fundo,
anunciando)*
S. Exa. o Sr. Antônio Furtado de Castro do Rio de Mendonça, visconde de Barbacena, do Conselho de sua majestade, governador e capitão-general da capitania de Minas Gerais... (*o tenente-coronel coloca-se na porta central*)

O TENENTE-CORONEL
Por aqui, Sr. visconde.

O GOVERNADOR
(no fundo em frente da primeira porta à direita, a Silvério)
Então, Sr. Silvério, ainda desta vez nada. (*falam baixo*)

TIRADENTES
(à boca da cena)
Então, meus senhores. Os copos estão cheios... Os braços são firmes. Bebamos! seria vergonha dizer-se que cavalheiros não sabem beijar os lábios de cristal de uma taça, os lábios de rubim de uma dama! À morte do governador!

CLÁUDIO
Cheguemos os copos! E se o visconde nos ouviu, bebamos um punhal em cada gole!

Tiradentes
Tens medo!

Cláudio
Por Baco! Eu já lhes disse que tencionava suicidar-me. É o mesmo. O falerno leva a morte ao peito, mas dá prazer aos lábios. À morte do governador... (*bebem*)

O governador
(*ao fundo, a Silvério*)
Parece que falam no meu nome.

Silvério
Deixe estas bocas falarem; amanhã elas estarão mudas! Vê estas belas cabeças de cavalheiros? Vivos, ousados, moços, com estas duas belezas: a da alma, que sai do coração e brilha no rosto; a da mocidade, que cintila na face e enseiva o coração. Amanhã serão um pouco de lama repulsiva.

O governador
Ah! fizeste-me vontade de rir!... Silvério, o gato tem destas alegrias... o rato pode brincar... ele dorme... Eu também vou dormir... brinquem, meus senhores, minha mão por ora está aberta.

Cena IV

Os mesmos, menos os pajens e Silvério

CLÁUDIO
Retiremo-nos.

TIRADENTES
Isto teria ares de fuga. Eu fico.

O GOVERNADOR
(*que se tem sentado ao pé do tenente-coronel*)
Temos um lindo baile, Sr. tenente-coronel. É uma verdadeira ilusão, faz-me crer que estou em Portugal; bem se vê que o senhor é um oficial do rei.

O TENENTE-CORONEL
Muito me honra, Sr. visconde, o elogio de V. Exa.

O GOVERNADOR
O meu... Oh! Sr. coronel. Eu sou um rústico como Tito; amo o retiro e a solidão, para pensar nas coisas do Estado, vivo lá na minha Cachoeira do Campo, e mal me recordo ainda do modo por que se pisam as tapeçarias de um baile. Mas, se vale a memória de cavalheiro, creio que temos hoje uma linda noite. Falta-lhe entretanto nas salas a mais linda filha de Ouro Preto... Ainda não vi a Sra. D. Maria. (*olhando para o jardim*) Oh! mas creio que a vejo chegar... ali vem pelo braço de um belo cavalheiro... Sim é o noivo... Que lindo par... Dir-se-ia que Dafne e Cloé renasceram de um idílio virgiliano.

Cena V

Gonzaga, Maria, o governador, o tenente-coronel, Tiradentes e Cláudio

O governador
(*cumprimentando, risonho*)
Minha senhora, Sr. Dr. Gonzaga!

Maria
(*à parte*)
Oh! Este homem ri-se: é porque os lábios sabem-lhe a sangue! (*aos outros cavalheiros cumprimenta e senta-se*)

O governador
Dizia há pouco, Sra. D. Maria, que faltava V. Exa. às salas; mas agora que a vejo digo-lhe que V. Exa. está fazendo falta, é decerto ao firmamento.

Maria
V. Exa. é sempre lisonjeiro.

O governador
Engano, senhora. O espírito é um jogo muito difícil. É a esgrima, não dos braços mais fortes, porém dos mais ligeiros. A velhice torna-nos pesados, o retiro torna-nos esquerdos. Mas a culpa é de V. Exa., que deixa o velho rústico

surpreendê-la, em todo o resplendor de sua beleza. Endimião desvaira na floresta ao fitar Diana, a caçadora... Ah! ah! ah! Não é assim que se diz, Sr. Gonzaga? Os senhores poetas são os que sabem dizer destes lindos nadas. Mas é bonito! É bonito! Gosto destes pastorinhos gravando suas loucuras no tronco de uma olaia.

Gonzaga
Diga antes, Sr. visconde, os seus amores.

O governador
(*com fogo, olhando Maria*)
Gravar o seu amor. O amor... mas era preciso um buril de fogo para escrevê-lo sobre uma lâmina de bronze. (*risonho*) Gracejos de velho, meus senhores, eu morro pela poesia e pelos poetas. Sr. Gonzaga, quando irá ao nosso retiro? É uma verdadeira ilha dos amores. As dríades cantam à sombra dos mirtos, saltam as náiades fugitivas na linfa clara do rio, enquanto a flauta de Pã sussurra nos canaviais queixosos e os pastores enfeitam as pastorinhas de virentes pâmpanos...

Tiradentes
(*com ironia*)
E os sátiros? Sr. visconde. V. Exa. esqueceu os sátiros.

O governador

Se fala destas divindades que participam um tanto da natureza caprina... Oh! nesta boa terra os há de sobra.

Tiradentes
(*à parte*)
Este miserável me insulta no meu país. (*alto*) Não; falo destas criações que o paganismo ideou para simbolizar o ridículo de outros tipos.

O governador

Acho que interpreta com muito fogo a fábula, Sr. Tiradentes. E estimaria assaz encontrá-lo no retiro dos bosques, lá onde a mitologia pode ser melhor compreendida para pedir a explicação de alguns pontos para mim obscuros. (*Cláudio detém Tiradentes*) Oh! como eu dizia há pouco, proporcionar-me-ia um grande prazer... Não quer ir também à nossa quinta? É um lugar ameno onde a natureza selvagem e estúpida destes climas amainou o bravio e insolente da vegetação.

Cláudio
(*a Tiradentes*)
Tu não te pertences. Um momento de reflexão, meu amigo.

O GOVERNADOR

Não responde? Oh! não receie encontrar por lá os botocudos repulsivos da sua terra... nem esta população grosseira e alvar do seu Brasil, que decerto afugentariam os meus deuses lares. Os meus feitores têm bons pulsos, as minhas matilhas têm bons dentes... Aceite, Sr. Tiradentes, parece que está tremendo... Será receio dos cães?...

TIRADENTES

Eu não receio os cães... Sr. visconde, mas quando tenho a infelicidade de encontrá-los, mesmo às vezes numa sala, assim como aqui estamos, costumo atirar-lhes à cara alguma coisa em que mordam. (*vai atirar-lhe com a luva. O tenente-coronel segura-lhe o braço*)

O GOVERNADOR

Prendam este homem.

Cena VI

Os mesmos e SILVÉRIO

O TENENTE-CORONEL

Um momento, Sr. visconde. Eu tenho uma espada que foi sempre fiel e votada ao rei. Pois bem, esta espada que V. Exa. mesmo honrou, eu quebrarei no joelho no momento em que a pessoa do meu hóspede não seja sagrada.

SILVÉRIO
(*baixo ao governador*)
Perdoe, senhor, este homem é nosso... o perdão é o degrau da vingança...

MARIA
Sr. visconde, permitir-me-á que aceite o braço deste cavalheiro. (*dá o braço a Tiradentes*)

O GOVERNADOR
Mil perdões, minha senhora...

O TENENTE-CORONEL
Obrigado, Sr. visconde. V. Exa. acaba de salvar a minha honra.

O GOVERNADOR
Desculpas peço eu, meus senhores, de me ter esquecido um momento de que estava num baile de esponsais... (*vai sentar-se ao lado, sobre o sofá, entre Gonzaga e o tenente-coronel*)

CLÁUDIO
(*no fundo, a Maria*)
Ah! minha senhora, se o seu olhar é um raio, a sua bondade é um manto.

MARIA

Ah! Sr. Cláudio, parece que faz de galante. Pois volte-se; vê quem está ali?... é Eulina... Se me disser mais uma palavra está perdido.

CLÁUDIO

Ah! minha senhora, eu me arrependo de não lhe ter dito que é um anjo... pois bem vê que me aponta o céu. (*vai sentar-se ao pé de Eulina*)

GONZAGA
(*ao governador*)

É esta a minha opinião... O Sr. Dr. intendente creio que pensa também assim. Se S. Sa. requerer a derrama de toda a dívida à junta da Fazenda, reconhecendo a impossibilidade do arrecadamento, representará à rainha.

O GOVERNADOR

Mas, Sr. Gonzaga, creio que este é um péssimo meio. O povo sujeitar-se-á facilmente a pagar as cem arrobas de um ano, ao passo que o requerimento da dívida por inteiro levará os ânimos ao desespero. Toda a capitania não possui os nove milhões a que monta este débito.

GONZAGA

Engano. Sr. visconde!... Eu peço o requerimento de toda a derrama, para que ela não se faça de sorte alguma. Demais, para um motim, bastaria o lançamento de um único ano, que é de perto de sessenta arrobas de ouro.

O GOVERNADOR

Então, Sr. Gonzaga, o melhor é que o Sr. intendente represente à soberana sobre a impossibilidade do pagamento, e não vejo a razão por que deva requerer a derrama. Basta que a rainha conheça a dívida e o estado da terra, para que cesse a vexação, ao passo que este falso jogo pode comprometer a segurança pública.

GONZAGA

Perdão, Sr. visconde, o Sr. Dr. intendente pediu-me um parecer. Ora, o Sr. intendente, como procurador da coroa, já foi repreendido pelo governo, por não ter cumprido com o seu dever; e, como é preciso, enfim, que ele faça o requerimento, creio que um requerimento impossível é o melhor meio de salvar a sua responsabilidade e a felicidade do povo.

O GOVERNADOR

Concordo enfim. Dou-me por vencido, Sr. Gonzaga, pelo seu grande talento político e não dar-se-á que um tão bom súdito seja esquecido por sua majestade.

SILVÉRIO
(*ao governador*)

É ainda um comprometimento. A mosca enrola-se na teia.

Gonzaga
(*à parte*)
Ainda bem. Tudo está pronto.

O governador
Agora, uma dívida que eu tenho a pagar, meus senhores. Em toda a parte onde vejo o talento curvo-me. (*a Maria que se tem aproximado*) Em toda a parte onde vejo a beleza, ajoelho-me. Não se dirá, minha senhora, que o velho imprudente que um momento perturbou a alegria destas salas deixasse de pagar a sua dívida.

Gonzaga
Como, Sr. visconde, tanta bondade!

O governador
(*a Maria*)
Não é verdade, minha senhora, que a corte de Lisboa tem bem fatais delongas? Oh! eu o leio nos olhos de V. Exa. ... (*vivo*) Quando dois corações contam as horas de espera... os ponteiros não giram muito rápidos... e depois o oceano é muito largo, as velas muito preguiçosas, a corte muito indolente. Cansa esperar, sim! esperar dois anos o momento da felicidade... contá-los por suspiros de ansiedade, por gemidos de

desalento... É longo... é terrível! Não é verdade, minha senhora, que esta ampulheta vai muito precipitada e aqueles homens muito lentos?

MARIA
É verdade, Sr. visconde.

O GOVERNADOR
(à parte)
Maldição, como ela o ama! (alto) Pois bem minha senhora, o governador paga a dívida do cavalheiro. Pode V. Exa. marcar o dia do seu noivado... eu me encarrego de pedir a aquiescência de sua majestade a rainha e entrego em suas mimosas mãos todo o meu crédito.

GONZAGA
Oh! obrigado, Sr. governador. V. Exa. pode dispor de mim. (aperta-lhe a mão)

MARIA
(ao governador)
Mil graças, senhor.

O GOVERNADOR
Agora, minha senhora, aceitará, para recompensar-me, o meu braço.

MARIA
Muita honra, Sr. visconde.

SILVÉRIO
(*baixo*)
Sr. governador, uma palavra. (*sai*)

GONZAGA
(*baixo*)
Preciso de ti um momento, Maria.

Cena VII

CLÁUDIO *e* TIRADENTES

(*Durante a cena todos vão saindo, uns após outros.*)

CLÁUDIO
(*a Tiradentes*)
Ficas?

TIRADENTES
Fico.

CLÁUDIO
És um original. Quanto a mim, meu caro, assesto as últimas baterias... Vou convidá-la ao passeio no jardim. As flores da noite, as alamedas sombrias, as luzes por entre as árvores, uma música ouvida ao longe... uma mão trêmula que se aperta, uma confissão que sussurra pelos

lábios... não conheço coração que resiste... Vesta, nestes casos, faz-se de Vênus. O amor triunfa do gelo e o olhar mais severo termina no estalido de um beijo... Oh! tu que és um coração de bronze, fica... e inveja-me que eu corro após a felicidade...

Tiradentes
Está bem, vai que te seguirei.

Cena VIII

Gonzaga *e* Maria

Gonzaga
Enfim, Maria, a felicidade nos estende os braços.

Maria
Ou a desgraça.

Gonzaga
Que dizes? A desgraça!...

Maria
(à parte)
Que loucura! meu Deus! Oh! e eu que não lhe posso dizer nada!

GONZAGA

A desgraça! Mas tu não vês como tudo nos auxilia, o nosso casamento... a liberdade que breve se proclamará... O governador que está cego...

MARIA
(*à parte*)
De ódio e de vingança!

GONZAGA

Maria, como eu sou feliz! Queres saber? Já não tenho desconfianças nem receios... eu estou descansado sobre o nosso futuro... Ah! tenho de fazer-te uma surpresa. Breve te enfeitarei com o vestido que bordei a ouro para a minha noiva.

MARIA

Sim, eu vesti-lo-ei. Estás bem descansado, meu amigo, tens razão. Eu sou uma louca... Tanta felicidade me admira e, como num sonho, receio que me fuja. Oh! é que ela é uma borboleta muito caprichosa... amanhã é muitas vezes o reverso de hoje. (*dá-lhe a mão*) Mas foi uma loucura, passou... tu estás feliz... eu estou radiante.

GONZAGA

É que possuir-te, Maria, é sentir que a terra se azula, porque se transforma no céu; que as estrelas cintilam, porque tremem nas tuas pálpebras, que Deus é melhor, porque se reflete na limpidez da tua alma! (*vai a beijar-lhe a mão; Silvério passa ao fundo*)

Maria
(*com pudor*)
Oh! espera que eu seja tua.

Gonzaga
Tens razão. Perdoa, Maria, mas é que eu me esqueço de mim junto de ti. É verdade, fazes-me lembrar o que te queria dizer… Ouves? A música soa. (*ouve-se ao longe a música*) Todos te esperam ansiosos. Dá-me ainda um instante. Dize-me Maria, entregaste aqueles papéis a teu tio?

Maria
(*confusa*)
Aqueles papéis!… Não, eu não os entreguei.

Gonzaga
Sim? Tanto melhor. Já não tenho receios… O governador é meu amigo, eles estarão em segurança em minha casa, que decerto não será suspeita. Não os deste ainda a teu tio! Muito bem. Dar-mos-ás logo que puderes. São-me precisos talvez muito breve.

MARIA
(*à parte*)
Meu Deus! (*alto*) Eu vou buscá-los.

Cena IX

Os mesmos e CARLOTA

MARIA
Ah! ali passa Carlota... (*chamando*) Carlota!

CARLOTA
Minha senhora?

MARIA
Vai ao meu toucador e traze-me os papéis que lá estiverem na gaveta. Toma a chave. Corre! depressa, Carlota.

CARLOTA
Sim, minha senhora. (*sai*)

Cena X

MARIA *e* GONZAGA

MARIA
Creio que são uns papéis brancos lacrados em três pontos; não, meu amigo? No meio da

minha perturbação, eu os tinha mesmo esquecido, julguei que os havia apanhado. Mas agora lembro-me que vi alguma coisa semelhante no meu toucador. Sim! creio que Carlota, quando eu desfaleci, os tomou e depois escondeu no meu quarto... Deve ser isto!

GONZAGA
Não te impacientes, minha amiga. Carlota aí vem que os traz.

MARIA
Ah! Tirou-me de um suplício horrível!

Cena XI

Os mesmos e CARLOTA

CARLOTA
Aqui os tem, minha senhora.

MARIA
Obrigada. Toma-os, meu amigo, guarda-os bem guardados! Vê! não são estes? Oh! não os vás perder...

GONZAGA
(*tem quebrado o lacre dos papéis*)
Maria. O invólucro é quase idêntico, mas contém apenas cartas minhas, tu as havias ajun-

tado talvez... não é assim? Toma, guarda-as que um dia havemos de lê-las juntos, bem juntos, diz-mo o coração...

        Maria
       (*à parte*)

Oh! meu Deus! que pressentimento horrível! (*alto*) São tuas cartas, são! eu as amo muito, ontem elas estavam espalhadas na gaveta e eu disse a Carlota que as ajuntasse... ela lacrou-as assim... e eis aí o engano... São tuas cartas... porque os papéis... oh! estão guardados... não receies nada, eu os guardei... é tua vida que eu tenho em minhas mãos... Demais, quem os quereria?... Mas aquele maldito desmaio! Que culpa tive eu?... Foi tão súbita a entrada do governador!... (*como tomada de uma desconfiança*) o governador! Ah! (*atira os papéis sobre a mesa da direita e vem à boca da cena*) Meu Deus! Meu Deus! É uma idéia horrível! Teria eu compreendido a alegria imensa daquele homem! Oh! é que aquela boca só ri quando tem saibo de sangue!... (*vai a sair precipitadamente. A Gonzaga*) Espera, meu amigo, eu vou buscá-los... espera! (*Saem Maria e Carlota.*)

Cena XII

Gonzaga, Tiradentes, Cláudio, Alvarenga, *depois* Silvério *e* Carlota *ao fundo*

Gonzaga
(*aos que entram*)
Entrem, meus senhores, precisava falar-lhes.

Tiradentes
E eu queria dizer-te que já não podemos esperar!

Cláudio
Sim! Eu não espero mais que 24 horas. Devo morrer, meus amigos, sou o mais infeliz dos homens. Nem a brisa, nem a noite, nem a música enterneceram o coração de minha Eulina. Ah! senhores, imaginem que em meio de uma declaração de amores, quando minha voz era mais eterna... (e tão terna que eu mesmo quase me apaixonava pela minha garganta), quando ensaiava um beijo... mas um beijo que infelizmente ficou só em hipótese, foge ligeira a minha ninfa e deixa-me chamando embalde.

> Nem ao menos o eco me responde
> Ah! como é certa a minha desventura
> Nize, Nize, onde estás, aonde, aonde?!...

É de desesperar! meus senhores; eu, por conseqüência, não espero!

Gonzaga
Concedes-me um instante?

Tiradentes
Então?

Gonzaga
O intendente acaba de dizer-me que vai requerer a derrama imediatamente. Este homem vai requerer a revolução. Em 24 horas tudo deve estar pronto.

Silvério
(*ao fundo a Carlota*)
Fizeste como te disse?

Carlota
Sim, meu senhor. Imitei o sobrescrito e coloquei-o no seu tocador, para, no caso dela se recordar dos papéis, acreditar que eram aqueles.

Silvério
E ainda não sabe?

Carlota
A estas horas deve sabê-lo.

Silvério
Já era tempo. Olha, Carlota, deste-me a cabeça daquele lindo cavalheiro. Vai chamar o governador.

Carlota
Deus me perdoe... meu pai, senhor?

GONZAGA
(*aos conjurados à boca da cena*)
Amanhã em minha casa ao levantar da lua.

TODOS
Ao levantar da lua.

SILVÉRIO
(*a Carlota*)
Eles o disseram: terás teu pai, amanhã ao levantar da lua.

Cena XIII

SILVÉRIO *e* O GOVERNADOR

O GOVERNADOR
Então os papéis?

SILVÉRIO
Aqui os tem.

O GOVERNADOR
(*precipitando-se sobre eles*)
Oh! é isto, é isto... (*abre*) "*Lista dos canspiradores, cartas sobre a revolução, planos sobre as leis da nova república.*" Tudo, tudo que bastaria para levar à forca meio mundo. É isto! Muito bem, meu Silvério, muito bem... Olha, vês

este papel? é fraco, muito fraco, um sopro de vento o levaria... Pois bem, estas folhas flexíveis encerram em si mais condenados que todas as masmorras da rainha... é um calabouço este papel... é um patíbulo este papel... é um antro... Quando eu o aperto, parece que sinto o estertor de mil agonias... quando eu o aspiro, sinto o cheiro de sangue... Oh! deve ser belo, Sr. Silvério, entregar todas estas vidas à mão rosada de uma criança e dizer... "Faze o que bem te parecer... Queres um circo como os imperadores davam às patrícias de Roma? Abre-o... Queres o espetáculo de mil escravos que te devam a vida? Queima-o."

SILVÉRIO
Como, Sr. visconde? Nada compreendi.

O GOVERNADOR
Fizeste bem... Silvério, obrigado... Se minha mão tem o ferro para os inimigos, tem o ouro para os amigos... Vai, Silvério.

SILVÉRIO
Eu voltarei em breve. (*sai*)

O GOVERNADOR
Oh! Ela será minha... inda que Deus ma queira roubar... É um duelo de morte. Vejamos quem vale mais, se o velho governador, ou o

moço poeta... Entretanto parece-me que tremo... É a primeira vez! Não importa. Condé, dizem, que também tremia antes de entrar nas suas grandes batalhas e no entanto Condé sempre vencia.

Cena XIV

O governador e Maria

MARIA
(entra pálida e perturbada. Vem à boca da cena sem ver o governador)
Oh! meu Deus, revolvi tudo! nada! nada! meu quarto estava vazio como um túmulo... o coração salta-me como a cabeça ainda quente de um condenado... Meu cérebro ferve como uma fornalha... Oh! meu Deus, minha vida inteira por aqueles papéis...

O GOVERNADOR
(que se tem colocado atrás dela)
Eu contento-me que a reparta comigo, minha senhora.

MARIA
Este homem! sempre este homem!... Dir-se-ia que é a sombra da desgraça. Todas as vezes

que um vulto invisível me fere, eu vejo esta mão que se enxuga.

O GOVERNADOR
Este coração que sangra...

MARIA
E que me importa o seu coração, senhor, se é que o tem? Que me importa? Ah! é preciso que eu lhe faça lembrar que sou uma noiva. Ouviu bem, Sr. visconde? uma noiva!... Tenho atrás de mim o meu berço de virgem, à minha frente o meu leito de esposa... estas duas coisas santas, uma guardada por uma mãe, outra velada por Deus! Ah! é preciso que cessem estas temeridades... Fala-me de seu coração... da mesma sorte que me fala do seu ódio, do seu ciúme, de sua vingança. Oh! há de concordar, Sr. visconde, que à primeira vista dir-se-ia que sua alma é um covil, é uma jaula onde todos estes animais ferozes se mordem e estrangulam. E depois, fosse a sua alma pura para o céu, iluminada apenas pela minha imagem, que me importaria tudo isto?... Eu já lhe disse, Sr. governador, duas palavras, que bastam. Eu amo a Gonzaga!... E se o senhor sabe o que é o amor, deve sentir que eu não posso ter o ofício de olhar corações... Ouça bem, Sr. governador. Eu amo a Gonzaga!... E embebida num dos seus olhares, nem sequer mover-me-ia, mesmo se o mundo inteiro desabasse em torno de mim.

O GOVERNADOR
(*como que a si próprio*)
É verdade! Que te importa o meu amor! Que te importa a minha morte?... Oh! mas é a fatalidade! É sempre a fatalidade!...

MARIA
Ainda ameaças, senhor, mas isto além de inútil é cobarde...

O GOVERNADOR
(*terrível*)
Não me insulte, senhora. (*brando*) Pode insultar-me, Maria, mas ao menos escute-me um momento, um instante; é alguma coisa de sério, de terrível, que eu vou dizer-lhe; é sua vida, a minha, e a de mais alguém que se joga nesta fatal partida... Ouça, Maria...

MARIA
(*altiva*)
Senhor!

O GOVERNADOR
Oh! deixe-me chamá-la por este nome, porque é assim que eu costumei-me a invocá-la nas minhas horas sombrias, nas minhas horas de condenado; quando o céu era negro, como a abóbada de uma catacumba, e a terra fria como a lájea de uma sepultura. Oh! era este nome

que eu invocava como aragem benfazeja quando a cabeça me escaldava, e no entanto era ele que me derretia bronze em lavas pelas veias... Oh! é uma história sombria, mas que é preciso que escute...

Maria
(irônica)

Eu o escuto, Sr. visconde; as mulheres são curiosas, e afirmo-lhe, a minha curiosidade está por demais excitada. Quero ver até que ponto chega este assombro de impertinência.

O governador
(sem ouvi-la)

Um dia passava uma cavalgada pelas ruas de Vila Rica... Soavam as trompas, turbilhonava a multidão, as janelas resplandeciam de colchas e de fisionomias animadas, os cavaleiros caracolavam sobre lindos ginetes, enquanto as damas se inclinavam para seguir com os olhos este esplêndido cortejo... Era um dia de festa... ou um dia de maldição... E tudo isto era por um homem... Este homem orgulhoso, cônscio de sua força, terrível na sua grandeza tirana... sorria de desdém, como um soberano rodeado de escravos... e sentia-se feliz porque era poderoso... Sim! ele era feliz. O poder tinha sido a sua única paixão... a virgem... dos seus sonhos de moço, o amigo de sua virilidade; a esposa de sua velhice... Oh! ele era feliz... Não se impaciente, senhora, eu vou dizer-lhe tudo... De repente o homem levantou os olhos para uma gelosia... Aí estava uma mulher... ou talvez um demônio de beleza... Ela era bela! sim, muito bela... tinha uma fronte soberana e larga como um firmamento de alabastro, as sobrancelhas curvas e delicadas como o arco-íris do amor, uma boca que pedia beijos, uma alvura que se teria manchado, mesmo com a brancura de uma lágrima. E os cabelos eram negros. Oh! na noite daqueles cabelos a própria luz quisera transformar-se... e os olhos, meu Deus... pretos, rasgados, brilhantes e aveludados eram como uma pérola sob a concha rosada das pálpebras... O Criador invejaria um dos raios daqueles olhos para resplandecer no diadema da Virgem... Era V. Exa., minha senhora. Eras tu, Maria! O homem era eu... Era, porque já o não sou... Que longas noites de vigília povoadas de mil formas de volúpia, de beijos insensatos, de lágrimas lascivas cavaram-me rugas na fronte, abismos no coração, aquelas cheias de trevas, este cheio de amor! Por que dizer-te mais? O demônio amou o anjo. (*movimento de Maria*) A treva quis abraçar a luz, o réptil perdeu-se pela flor: oh! não precisa falar... Eu sei o que vai dizer. Sim, eu... devia ter afogado este filho maldito de minha alma, devia devorar este amor, como a cascavel engole os filhos, mas era impossível... Depois... uma noite... era uma noite de sensualismo e de loucura, uma noite que devia ser bem negra (negra, como o pensamento horrível que lhe saiu das entranhas), eu ouvi uma voz que me repetia... "ela será tua!"... Sabes tudo o que encerra esta palavra? Oh! nunca o saberás, pois bem! Eu sonhei-o, e sonhei-o tanto que ao despertar deste pesadelo levantou-se em mim um outro homem que tinha uma cabeça de condenado e um braço de assassino... Então soltei uma gargalhada que horrorizou a mim mesmo e jurei que serias minha. (*riso de Maria*) Tu ris? pois jurei, não sobre o meu crucifixo, mas sobre a cruz do meu punhal. E o homem que cumpriu o juramento, que tem agora nas garras como o gavião o passarinho, tua vida, e tudo quanto tu amas, vem dizer-te: Maria, eu sou o senhor, eis-me feito escravo... deixa-me apenas fanar com os meus beijos as flores que tu roçares de leve com a asa dos teus pezinhos! Escuta, eu sou bem desgraçado! Ouve! amo-te com um amor único, imenso e virgem como tu!...

Maria

O seu amor virgem! Sim, é isto... Uma mulher é moça, é feliz, é talvez mesmo bela... Tem a primavera que lhe canta nos olhos, o amor que lhe suspira no coração... Ela ama! E os pobres amantes embalados em seus sonhos de esperança embriagam-se, respiram-se, olham-se e vão correndo sobre os dias, acreditando que o céu é uma árvore de safira, de onde a terra pende como um ninho embalado entre as estrelas. E este ninho Deus o criou para eles! Sim... para o seu amor... Mas de repente vem alguma coisa boquiaberta, negra, horrível, que boceja a seus pés... e isto lhe diz: tu és bela, ó virgem, tu és pura, ó noiva; pois bem, eu sou horrível, mas eu te amo! eu sou tão negro como é alva a tua capela, mas eu te amo! Vem, que eu sou a fatalidade. Vem! que eu sou a sepultura, eu te ofereço a minha virgindade de lama! (*ao governador*) A virgindade de seu coração! mas é a virgindade da cova... Um pouco de lodo sacia a terra, um corpo de mundanaria deve fartar-lhe a fome... (*gesto do governador*) Oh! Não me interrompa... eu ouvi-o, deixei-o derramar do seio toda essa baba que o senhor chama amor! o amor, meu Deus! mas é o ponto onde se fundem os raios de duas estrelas... a fusão de duas gotas de orvalho sobre um lírio... uma coisa pura, diáfana, luminosa, sobre a qual os anjos passam voando sem corar... Não! não é o abraço da larva com a escuridão, o coito do limo com o lodo. Amar! Mas Deus só concede isto às almas puras. Isto que o senhor diz amor é um desespero de abraços, é uma raiva de beijos, é a inveja sombria de Satanás vendo a felicidade no céu... É o ódio do cego que apaga a luz que não vê... Egoísmo infame! (*gesto do governador*) Sim! infame! O senhor disse consigo: ali há duas mocidades que se cobrem com flores – fanemo-las... Ali há duas auroras que sorriem – turbemo-las... Ah!... Eu o sei!... Mas é loucura! Porque eu amo a Gonzaga. Sim, a ele, belo, moço, com um coração iluminado pela grandeza, com a cabeça radiante de gênio... E ele me dá tudo isto. Ouve bem? Ele tem tudo isto a dar-me, por isso o amor que eu lhe voto é estremecido como o primeiro beijo de Vênus, puro como a primeira lágrima de Eva... E o senhor é velho! é feio... tem o coração mais envelhecido que o corpo, a cabeça mais caduca do que o coração. Eu o abomino... eu o desprezo!...

O GOVERNADOR

Ah! tu me abominas... Ah! tu me desprezas... Pois bem, o teu desprezo e o teu ódio eu os quebro entre os dedos, como o brinco de uma criança... porque tu hás de ser minha...

MARIA

Ah! ah! ah! Pobre homem!

O GOVERNADOR

Ri! ri! Porque vais chorar! Sim, é isto... eu sou velho, feio, tu me repeles. Ele é belo, é moço, tu o amas. E se eu disser que tu hás de ser minha, rirás como agora o fazias... Ah! tu o amas... Tanto melhor!... Ah! tu o adoras... Muito bem!... Ah! tu te matarias por ele... A maravilhas! Eu quero mesmo que tu o ames, porque, se não mentes, o teu amor é quem há de perder-te.

Maria

Faz-me piedade! Julguei-o um miserável... vejo que não passa de um idiota.

O governador
(*tira lentamente os papéis do bolso*)
Vê... (*tem-nos na mão*) Conhece-os perfeitamente...

Maria
(*horrorizada*)

Ah!... mas isto é horrível, senhor! Isto é monstruoso, meu Deus! Estes papéis... Dê-me estes papéis, senhor!

O governador

Sabe V. Exa., que a corte de Lisboa dar-me-ia muito dinheiro por eles?... Bem vê, seria muita generosidade... Eu não passo de *um pobre homem*.

Maria

Oh! mas o senhor roubou-mos. O senhor é um infame, é um miserável.

O governador
Não, eu *sou um idiota.*

Maria
Mas é a vida de mil pessoas... que aí tem em sua mão! Abafe a revolução, mas poupe tantas vítimas. Que força o pode levar a este horrível sacrifício?

O governador
Eu amo-a.

Maria
Meu Deus... Eu amo-a, eu amo-a, porém sua vida mesmo corre perigo... De todas estas famílias despovoadas não poderá sair um braço que o apunhale? Para que se entrega a esta vingança tremenda?

O governador
Eu amo-a!

Maria
(*com fingido enternecimento*)
Sim! Deve ser um amor tremendo este! Ah! eu ainda não tinha visto este lado monstruoso, porém formidável da paixão... esta loucura que, à força de espantosa, torna-se grande... É alguma coisa vertiginosa como o abismo... mas profunda como um céu de tempestade... Oh!

eu começo a compreender o que seja a desgraça... É preciso que o coração sofra muito para entregar assim sua vida ao remorso, sua alma ao inferno... Mas, senhor, por piedade! Eu não posso ainda amá-lo; mas bem vê que não o odeio... Meu Deus, eu desejaria enxugar todas as lágrimas... e o senhor... sim, eu devo consolá-lo, porque o fiz muito infeliz... tão infeliz que já não lhe posso querer mal, o senhor assombra-me!... (*chorando*)

O GOVERNADOR

Maria, escuta... São as minhas últimas palavras. A senhora tem nas suas mãos a vida de muitas pessoas que estima, a desse homem a quem ama, e deste outro que a adora. Pois bem, Maria!... todos estes olhos estão fixos em ti, todas estas bocas trêmulas de condenados murmuram-te piedade... todos estes soluços de agonizantes clamam-te compaixão... são eles todos que to dizem: salvai-me a vida. Sou eu, Maria, que te digo: salva-me a alma... Sim! que eu sou o maior condenado!... Salva-os, Maria... porque a bênção de mão que já se aproxima da eternidade é santificada por Deus. Do contrário creio que aqui haverá alguma coisa horrível, enorme, medonha... um cadafalso levantado por ti, muitas cabeças derrubadas por ti... e estas caras lívidas passarão nos sonhos do teu travesseiro e repetirão: mataste-me... mataste-me… e a minha face mais lívida ainda que a dos mortos te repetirá: perdeste-me, perdeste-me!… Escolhe… e tudo estará terminado!…

MARIA
(*chorando*)
Oh! meu Deus! meu Deus!

O GOVERNADOR
Eu amo-a, Maria… não zombe de mim; eu talvez que a faça feliz. E depois, que maior prazer pode ter uma alma como a sua do que entornar a felicidade por onde passa?… É esta a missão das mulheres… e tu és um anjo… Depois tu me farás bom, talvez me purifiques… Oh! um raio de sol faz de um paul um vale… Este amor que me fez horrível me fará também sublime… Escolhe… escolhe…

MARIA
(*enxugando os olhos*)
Eu escolhi…

O GOVERNADOR
(*sôfrego*)
Então, amas-me, Maria?

MARIA
(*fingindo pudor*)
Oh! não me pergunte isto… Eu devo mes-

mo, sim... devo afirmar-lhe que o não amo... mas admiro tanta loucura que imaginou por minha causa, tenho remorsos de tê-lo feito desgraçado... Mas bem vê... não era minha a culpa... Eu nem sequer sabia-o... É talvez horrível tudo quanto eu digo... Agora eu compreendo esta palavra: fatalidade!

O governador

E então, Maria?

Maria

Ainda não compreendeu, meu Deus! Mas isto é tirano! Deixe-me ao menos ver quantas vítimas nós salvamos... Dê-me estes papéis...

O governador

Não brinques, Maria; é horrível brincar com a serpente. Então, é minha? É minha... diga!

Maria

Ah! eu bem o sentia, fiz talvez mal em dizer-lhe tudo isto... De fato, eu mesma já me não compreendo... Já não lhe posso inspirar confiança, desgraçada de mim! Eu já não a inspiro a mim mesma... Oh! eu creio que fiz um grande crime, mas deixe-me ao menos lembrar que misturei-o com uma virtude... Dê-me estes papéis... (*gesto negativo do governador*) Bem vê? Vai ainda desconfiar de mim. Meu Deus, cedo começa o meu castigo, mas note que eu sou uma fraca mulher; estamos sós... E antes que eu tivesse rasgado estes papéis já o senhor mos teria arrebatado...

O GOVERNADOR
(*olha em torno de si, desconfiado... depois entrega-os lentamente*)
Aqui os tem, Maria!

MARIA
(*tem-se aproximado pouco a pouco da mesa da direita onde estão as cartas; vai, abrindo lentamente os papéis*)
Meu Deus, meu Deus, eu já não tenho remorsos!... Salvei-os a todos... perdoa-me, Senhor!

O GOVERNADOR
Oh! tu me salvaste...

MARIA
(*faz falso jogo. Tendo-se aproximado da mesa, agarra os papéis que estavam sobre ela e atira-os à vela, enquanto recua para a esquerda com os verdadeiros*)
Não; eu zombei de ti...

O GOVERNADOR
(*precipita-se para a mesa da direita, de onde tira as cartas*)

Ah! ah! ah! A senhora queria iludir-me... Louca. (*ajunta-as rapidamente sobre a mesa*) Agora é um duelo de morte... Oh! Eu sairei com as mãos cheias de sangue...

MARIA
(*que tem queimado na vela os papéis verdadeiros, da revolução*)
E eu de cinzas...

O GOVERNADOR
E tu verás que o anjo... (*voltando-se*) Oh! maldição!

MARIA
Ah! ah! ah! Que o anjo queimou as asas do demônio!...

(*Fim do Ato Segundo.*)

ATO TERCEIRO

OS MÁRTIRES

(O teatro representa o exterior de uma casa. À direita uma larga varanda, cujas colunas chegam quase ao meio da cena. À esquerda um bosque. Ao fundo brilham em distância vários fogos que alumiam senzalas de escravos. É noite.)

Cena I

O governador *e* Silvério

O governador
Então, Silvério?

Silvério
Tudo está pronto.

O GOVERNADOR
Os meus homens?

SILVÉRIO
À hora em que falamos os temos dentro das unhas. Oh! ninguém imaginaria que, neste lugar, está no centro de um círculo de ferro... Olhe, Sr. visconde, aqui (*apontando para a esquerda*) cada árvore esconde um vulto, um punhal. Acolá (*aponta o fundo*) a noite do céu confunde-se com a noite da pele dos seus escravos. Ali (*aponta a direita alta*) pode V. Exa. bater com o pé em terra, como dizia Pompeu, e dela saltarão legiões... E tudo coberto, amparado, mascarado... Deus teve a benevolência de enviar a noite, este grande dominó do carnaval eterno... E não gastou debalde a seda. Eu me incumbo do espetáculo.

O GOVERNADOR
Bem, bem, desta vez não me escapará.

SILVÉRIO
Oh! não tanto! não tanto! É preciso que vamos mais devagar...

O GOVERNADOR
O que dizes? hein? Fala depressa! Vamos! Então desconfias?

Silvério

Estes homens ainda não estão aqui... e mesmo se estivessem poderiam sair.

O governador

Não acabarás? Que diabo estás a dizer? Sair? Mas por onde? Porventura não tenho soldados? estes soldados não têm espadas, estas espadas não têm fio? Ah! parece que queres também zombar, Silvério?...

Silvério

Perdão, meu senhor, mas nada disto basta.

O governador

E que mais? Mas é o suplício do fogo lento...

Silvério

Deixe-me V. Exa. falar um instante... Vê esta casa? Aqui é o lado... (*aponta a parte visível do edifício*) Acolá a frente. (*aponta para o fundo à direita*) Além o outro flanco... todos sitiados...

O governador

Vai agora fazer-me a topografia. Mas eu conheço-a perfeitamente... e por trás fica o rio... que mais?

Silvério

Sobre este rio passará um barco, sobre este barco os conspiradores.

O GOVERNADOR
Mas aí não há barco.

SILVÉRIO
Colocaram-no hoje.

O GOVERNADOR
É preciso que o tomemos.

SILVÉRIO
Impossível! Há vigias que o guardam do lado oposto. Demais, isto levantaria a desconfiança e ficaríamos desconcertados... Acresce ainda que é preciso, para tomá-lo, passar por esta casa. E V. Exa. sabe que seria perder-nos.

O GOVERNADOR
Oh! Eu daria a minha fortuna por este barco.

SILVÉRIO
Eu espero dar-lhe o barco sem tomar sua fortuna. Sr. visconde... Para atravessar aquele limiar é preciso ser amigo, para servir-nos é preciso ser inimigo. Temos, pois, necessidade de encontrar um amigo inimigo...

O GOVERNADOR
Compreendo o enigma. Trata-se de um traidor... sim!... mas onde encontrá-lo?

SILVÉRIO

Um amigo do Estado!... Eu tenho a honra de pô-lo à sua disposição, Sr. governador.

O GOVERNADOR

Mas quem é? quem é? Diga-lhe que terá uma larga recompensa, porque deveras vai salvar-nos, esse homem.

SILVÉRIO

Não, é uma mulher. É Carlota, uma escrava minha. V. Exa. sabe esta história; tenho-lhe falado já desta heroína de romance, bela como uma serpente, pregando sermões como um frade, roubando papéis como um bandido; no mais, bonita e qual tão branca como qualquer um de nós... Oh! fará um lindo efeito vestida de rapaz, como espero apresentá-la em breve a V. Exa.

O GOVERNADOR

E ela será capaz?

SILVÉRIO

De fazer tudo que lhe ordenarmos, sem que comprometa o resultado que esperamos. Oh! respondo por ela. Há um talento todo especial no sexo feminino para a mentira. É o segredo que a serpente da Bíblia confiou-lhes. Verá. Esta linda rapariga entrará naquela porta levando a Gonzaga uma carta que retardou de propósito... depois deslizará pelos corredores. Chegará ao barco, dirá aos feitores que vai guardar alguma provisão ali... abrirá com toda presteza uma fresta no costado, por onde possa entrar água a valer, e se escapará num instante deixando apenas sobre o chão um rasto tão ligeiro como o de uma asa, tão pequeno como o de uma cabra. Ainda um ponto de contato entre a mulher e Satanás! Ah! num dia de pachorra escreverei um tratado sobre este assunto!

O GOVERNADOR
Muito bem. Mas, por minha fé! se começa a publicar o primeiro capítulo, creio que vai ter muita extração, porque sinto passos. Bem! Ver sem ser visto é uma semelhança com Deus. (*sai pela esquerda baixa*)

SILVÉRIO
(*ao desaparecer pelo fundo, apontando os conspiradores*)
Ser visto sem ver é uma semelhança com os fuzilados. Ah! ah! ah!

Cena II

TIRADENTES *e* CLÁUDIO

TIRADENTES
Nada ouviste?...

CLÁUDIO
Apenas o grito do bacurau na solidão da noite.

TIRADENTES
Entretanto dir-se-ia que uma gargalhada humana ou diabólica estridulou agora às nossas costas.

CLÁUDIO
Alguma coruja que se ri dos homens e quer intimidar as velhas.

TIRADENTES
Mas ali, entre os juncos, como que vi brilhar um sabre ao raio das estrelas...

CLÁUDIO
É a lua que faz espadas com as folhas esguias das canas.

TIRADENTES
E aqueles passos que estalaram os ramos à nossa esquerda ao entrarmos na mata?

CLÁUDIO
Alguma cascavel que espantamos com a nossa passagem. E depois... que importa? Tens medo? Seria a primeira vez.

Tiradentes
Tenho, como o noivo antes de desfazer o véu de sua esposada. Tenho medo por ela, a minha virgem prometida. E, a propósito, parecemos verdadeiros namorados. Chegamos bem cedo à entrevista.

Cláudio
É verdade. A lua ainda está por trás das sicupiras do Itacolomi. Entretanto entremos. (*prestando o ouvido*) Creio que alguém caminha deste lado.

Tiradentes
Então fiquemos. É talvez um espião que precisamos abreviar. Vejamos. Segura o punhal.

Cena III

Cláudio, Tiradentes, Alvarenga, o padre Carlos
e três homens encapotados

Tiradentes
(*a um dos que entram*)
Companheiro, a noite está negra como a escadaria do inferno... Deste passo irei parar ao palácio de Satanás.

O HOMEM EMBUÇADO

Que importa, se aí encontrar o que eu procuro?! Porém mesmo nas trevas o gênio quebra as cadeias.

TIRADENTES

Libertas quae sera tamen. Louco modo de procurar um homem... tateando as trevas!

O HOMEM EMBUÇADO

São as dobras do manto de Deus, e eu quero acordá-lo.

TIRADENTES

E que lhe queres tu?

O HOMEM EMBUÇADO

Saber o caminho do Calvário...

TIRADENTES

Companheiro! Deus já não o sabe! Há muito que desceu da montanha... O Gólgota está tão negro como o inferno, para onde tu caminhas.

O HOMEM EMBUÇADO

A liberdade vela no seu topo.

TIRADENTES

Companheiro, venha o abraço de irmão. (*toca-lhe a mão*) Olá! estavas armado. (*Cláudio bate três pancadas à porta de casa*)

O HOMEM EMBUÇADO
E tu também.

TIRADENTES
Oh! nestes trilhos tão estreitos é preciso algumas vezes apartar os ramos...

Cena IV

Os mesmos e LUÍS

LUÍS
(*à porta da casa*)
Quem bate?

CLÁUDIO
Eu, Cláudio...

LUÍS
Entre, senhor ... Quem são estes homens?

CLÁUDIO
Amigos... (*os conjurados falam baixo a Luís e vão entrando para a casa*)

TIRADENTES
Irmão, de que lado vens?

O HOMEM
Do rio...

TIRADENTES

E o que há lá?

O HOMEM

Um barco.

TIRADENTES

Bem. Se fôssemos traídos pela terra, a água nos salvaria... Entremos, a menos que não prefiras ficar ao relento.

O HOMEM

Nada! A noite é uma tenda muito fria. Eu também entro. (*todos desaparecem; a cena fica um momento vazia*)

Cena V

SILVÉRIO *e* CARLOTA

CARLOTA

(*entra vestida de homem, envolta numa capa. Traz uma pequena máscara preta*)
Então, meu senhor, onde está meu pai? É verdade que vou conhecê-lo?

SILVÉRIO

Ai! abaixo a ansiedade. Ao levantar da lua.

CARLOTA

Meu Deus! como esta lua tarda! Quanto tempo esperarei!

SILVÉRIO

Dize antes, quanto tempo trabalharás... Parece que, com a maldita idéia de encontrares teu pai, te esqueces do ofício. Vê bem se vais estragar tudo quanto tens feito!... E, se nesta última prova não deslustrares o conceito que de ti faço, de bom tratante, terás em prêmio até as minas da capitania... do contrário, travarás conhecimento com outro personagem menos simpático. Então? Ficas estúpida como uma pedra? Vai com todos os diabos, enquanto é escuro e despacha.

CARLOTA

Ainda uma infâmia, meu Deus!

SILVÉRIO

Ah! cais na mania das lamúrias!... Sabes que mais, Carlota, já estás me aborrecendo com o maldito vício que tens de ser velhaca entre lágrimas. Enfim, pouco importa. Toma estes instrumentos e abre uma fenda tão larga que te deixe passar para a felicidade.

CARLOTA

É que estes homens, logo que descobrirem a traição... podem talvez matar-me e eu não poderei sequer ver uma vez meu pai.

SILVÉRIO

Sim, tens razão. Todos podem aqui entrar, ninguém daqui sairá só. É preciso que tenhas um salvo-conduto. É verdade... esta máscara será um sinal, mas não basta, todo o mundo tem máscara... É preciso alguma coisa que ninguém possua. Vê lá, procura outro meio de seres reconhecida pelo tenente-coronel João Carlos.

CARLOTA

Eu tenho este rosário de prata que foi de minha mãe.

SILVÉRIO

Bem! bem! nunca um rosário pensou prestar para tanto! Dá-mo, espera um instante. (*vai ao fundo*)

Cena VI

Os mesmos e O TENENTE-CORONEL JOÃO CARLOS

SILVÉRIO

(*ao fundo*)

Sr. tenente-coronel, ninguém sairá daí, à exceção da pessoa que está ali coberta de uma máscara, e que lhe apresentará este rosário. São as ordens do governador.

O TENENTE-CORONEL
Sim, Sr. Silvério. (*sai*)

SILVÉRIO
Aí tens, Carlota... Esta máscara e este rosário te darão passagem... Agora vai bater àquela porta. Adeus.

Cena VII

CARLOTA, *depois* LUÍS

(*Carlota vai à porta e bate duas pancadas.*)

LUÍS
(*saindo*)
Quem bate aqui a estas horas?

CARLOTA
Sou eu, Sr. Luís.

LUÍS
Quem quer que sejas, estás preso numa tenaz de ferro... (*pega-lhe o braço*) Dize o que queres.

CARLOTA
Entregar uma carta.

Luís

Dá-ma.

Carlota

Não posso, quero falar ao Sr. Gonzaga, deixe-me passar. Não vê quem sou? Sou Carlota, senhor, esta porta sempre me foi franca.

Luís

(*tira uma lanterna furta-fogo de sob a capa e alumia-a*)

Ah! então entra. Meu senhor te espera há muito. Dize-me: o Sr. tenente-coronel ainda está decidido a proibir o casamento? Oh! é uma desgraça... O Sr. Gonzaga vai talvez enlouquecer, porque de fato creio que há em tudo isto uma intriga horrível... No momento do casamento romper sem mais atenções com o noivo... Dize-me, rapariga, a Sra. D. Maria nada conseguiu?

Carlota

Nada. O Sr. Gonzaga já não pode lá ir. A muito custo minha senhora pôde escrever-lhe, e assim mesmo porque obtive alguns vestuários que me mascarassem...

Luís

É célebre! Vem, minha filha, que eu vou conduzir-te. Enfim, é sempre uma boa nova que tenho a levar-lhe. (*sai deixando a lâmpada*)

                    CARLOTA
Que loucura!…

Cena VIII

MARIA

(*mascarada*)

Meu Deus! que noite negra! Como eu tremo de susto! Ah! desgraçada de mim, se alguém me surpreende! Não; mas ninguém imaginará que embaixo deste capote de bandido bate um seio de virgem, e que esta máscara negra oculta a pele branca de Maria!… Oh! como eu tenho medo! Mas sinto que ninguém me faria recuar… é que o vão matar… e por mim, santo Deus! Eu vou fazê-lo morrer, quando daria toda a minha vida para conservar a sua!… Essa carta! oh! essa maldita carta!… Parece que o meu anjo da guarda dormia quando eu a escrevi. Entretanto eu já não podia esperá-lo, eu preciso dele, meu Deus, e marquei esta maldita entrevista que meu tio descobriu… Como? Eis o mistério! um punhal irá neste momento fatal tomar o lugar do amor… Mas não, não, e não! Fosse preciso quebrar meu corpo, minha alma, minha honra entre o ferro de um miserável e seu coração… eu fa-lo-ia e faço… Ah! a culpa é da couraça que nasceu para estalar por seu dono. Eu me perco. Talvez arrisco minha honra, meu nome…

meu Deus!... eu o amo... parece que isto vale mais que todas essas coisas... E depois é preciso salvá-lo... Sim, que me importa cair? É talvez às vezes uma virtude... Se as estátuas não caem é que elas não amam... E eu não sou uma estátua, sou uma mulher, e uma mulher que ama é alguma coisa menos brilhante, porém mais cintilante que um anjo. É preciso bater àquela porta. Vejamos. Ninguém estará decerto aqui... Bem? muito bem! estou só...

Cena IX

Maria *e* o governador

O governador
(*tem entrado a estas últimas palavras*)
Só com um homem!

Maria
Meu Deus! estou perdida! (*recua dois passos*)

O governador
Nada de medo!... porém tardaste muito!...

Maria
E o senhor sabia que eu tinha de vir aqui?

O GOVERNADOR
E que vais para ali. E ainda mais, que se tu faltasses... perderias a única pessoa que amas no mundo!!!

MARIA
Meu Deus! quem lhe disse? Mas isto é de enlouquecer... porém não me perca pelo amor de Deus... não diga quem eu sou, se é que o sabe... porque parece que o senhor sabe tudo... tudo... vê minha cara através desta máscara, meu coração através de minha carne.

O GOVERNADOR
E tão bem... que sei que embaixo desta seda há um lindo rosto, embaixo deste capote um seio aveludado, dentro destas botas um pezinho cor-de-rosa, sob este disfarce uma mulher...

MARIA
Basta, basta, por piedade... não vá dizer meu nome, podem ouvi-lo, e seria uma grande desgraça. Oh! tenha pena de mim. Mas quem é o senhor? Quem é?

O GOVERNADOR
Ali tens uma lâmpada... vê?...

MARIA
(*vai precipitadamente à direita, pega da lâmpada e alumia a face do governador*)

O governador!... oh!... (*deixa cair a lâmpada que se apaga*)

O GOVERNADOR

Fizeste mal em apagar esta luz. Eu quisera a retribuição, mas ainda pior em gritar tão alto... Tens realmente medo de mim? bem sabes que eu sou teu amigo.

MARIA

Amigo?!...

O GOVERNADOR

E por que não, Carlota?

MARIA

Carlota?!...

O GOVERNADOR

Sim, eu sei teu nome. Ainda mais o que vens fazer. Ainda mais quem te enviou... Tu és uma escrava... vais por ordem de Silvério (sob pretexto de trazer uma carta) entrar nesta casa, donde chegarás ao rio, e um instante depois abrirás uma fenda no barco que lá postaram e destarte cortarás o único meio de fugida dos revolucionários, sei mais que tu és um gênio de prudência, um demônio de astúcia. Então... estás contente?

MARIA
(*estúpida*)
Muito contente... é isto... Foi o Sr. Silvério quem o disse... (*rápido*) Mas deixe-me passar. Eu voltarei já, Sr. governador... Adeus! Creio que não se enganou quando disse que eu sou um demônio de astúcia!...

O GOVERNADOR
Adeus, minha bela, a lua vem despontando, eu gosto das trevas. Até já. (*sai*)

MARIA
Oh! meu Deus! meu Deus! nem um raio de luz neste céu!... nem um raio de luz nesta cabeça... tudo é negro... negro... tão negro que tu não verás o drama horrível destes miseráveis nem a dor dilacerante de uma fraca mulher... (*a lua vai-se levantando por entre as árvores. – Com uma idéia súbita*) Ah! eu salvarei. (*vai à casa, mas pára ao abrir-se a porta*)

Cena X

(MARIA *atrás de uma coluna*, GONZAGA *na varanda*, LUÍS *à porta.*)

GONZAGA
(*com um papel na mão, lendo*)

"A uma hora da noite, sob os jasmineiros que escutaram as nossas primeiras juras, vem receber as minhas primeiras lágrimas. Tua *Maria*." Sim, eu irei... Eu já não posso viver sem ti, Maria. A vida me desmaia no seio como o último canto de um cisne moribundo. Eu definho de languidez e de abandono... de martírio e de angústia... Sem ti eu perco a força, a alma e a vida... Longe de teu olhar o céu parece um crânio imenso que me abafa como ao verme... Mas não! Este papel é minha pomba de esperança... Pobre amiga!... Nós somos como Romeu e Julieta... Temos um jardim banhado de luar, e duas almas banhadas de amor. Eis tudo o que nos resta... Oh! mas ainda é muito! É tudo quanto brilha na vida... é a luz da terra e a luz do céu. Adeus, Luís, adeus! (*Luís entra*)

MARIA
(*saindo de trás da coluna*)
Não darás um passo daqui.

GONZAGA
E quem ousará proibir-mo!

MARIA
A tua vida...

GONZAGA
Minha vida!... mas eu corro a buscá-la, porque esqueci-a aos pés dela.

MARIA

Nem poderás ir morrer aí... Fica, eu o quero!...

GONZAGA

Ah! tu o queres?! mas tira fora esta máscara, que eu desejo conhecer a cabeça desvairada que ela esconde... Tu o queres?!... mas não sabes que ninguém poderia dizer-me duas vezes esta palavra? E só há uma pessoa...

MARIA
(*tirando a máscara*)
Que sou eu!...

GONZAGA
(*surpreso*)
Maria! (*reconhece-a*) Maria! Maria! tu vens trazer-me a vida!...

MARIA
(*soluçando*)
Oh! não, não! desgraçada de mim! venho-te anunciar a morte...

GONZAGA

Mas é ainda a vida, pois que parte de tua boca... Sim, não chores, Maria! Eu seria o mais desgraçado dos homens se uma só de tuas lágrimas caísse por mim destes olhos. Não chores, Maria!... Falas-me em morrer... mas a pior de todas as mortes é ver-te chorar...

MARIA

Sim! não devo chorar!... e eu já não choro... vês? Se meu coração quisesse soluçar agora, eu sinto que teria coragem de estrangulá-lo com os dedos... porque os momentos estão contados, e é preciso que te salves... (*movimento de Gonzaga*) Oh! não me interrompas. Escuta e obedece... Sim! eu sou uma mulher, eu sou tua escrava, mas quando se trata de tua vida, eu peço-te ao menos para não me veres morrer de desespero... (*movimento de Gonzaga*) Cala-te... ouve... o tempo corre, voa... Toma esta máscara, esta capa, este chapéu, e foge... não como um fugitivo... A astúcia aqui perderia tudo. Audácia e só audácia!... Encontrarás a alguns passos soldados...

GONZAGA

Soldados!

MARIA

Sim, sim. Dirás que és um enviado do governador.

GONZAGA

Do governador! Espera, Maria. É preciso que me expliques isto.

MARIA
Mas eu não tenho tempo... vai, vai!...

GONZAGA
Não, eu fico enquanto não compreender este mistério horrível.

MARIA
Ficas! Ficas! Mas tu queres ver-me cair morta a teus pés?!...

GONZAGA
E tu queres ver-me cair desonrado aos teus?

MARIA
Meu Deus! meu Deus!...

GONZAGA
Maria, escuta... Ali (*aponta a casa*) estão todos os meus amigos... que vão talvez morrer... Queres que eu os abandone?... Ali está minha pátria. Queres que a venda? Não! tu não me quererás desonrado... tu me preferirás morto... Maria, o que me dizes é solene e tremendo... é muito grande para que pertença a mim só... é preciso que estes homens o saibam. Perdoa, mas, pelo meu amor, quando tu fazes um heroísmo, não me proíbas, Maria, que eu cumpra um dever.

Maria
(*impaciente*)

Pois bem, vai, vai... chama-os, porém depressa, muito depressa... Eu lhes direi tudo... tudo quanto eu sei... Vai!

Cena XI

Maria

Maria
(*só*)

E o tempo que caminha!... e os soldados que vão talvez chegar... e a morte dele que se aproxima! Oh! e eu não esperava isto, entretanto devia prevê-lo... Se eu soubesse!... Mas que poderia fazer?... Como estes homens tardam! Dir-se-ia que espero há séculos... Se fossem as gotas do meu sangue que corressem... mas é a areia que vai passando na ampulheta do tempo... é seu corpo que vai talvez se inclinando para a morte... Ah! ei-los enfim!

Cena XII

Maria, Gonzaga, Tiradentes, Cláudio, Alvarenga, padre Carlos, Luís *e mais conspirados*

GONZAGA

Meus amigos, creio que Deus ainda não marcou a liberdade deste povo… O que nós julgávamos uma aurora é talvez um relâmpago sangrento.

ALGUNS

Então o que temos?

GONZAGA

Não sei.

TIRADENTES

E quem o sabe?

MARIA

(*adiantando-se*)

Eu.

ALGUNS

Como é o nome deste homem?

MARIA

Que importa o nome? Chamai-me a morte, se quiserdes, porque eu venho dizer-vos que estais traídos, vendidos, presos, condenados, mortos. Oh! é terrível, eu bem o sei, mas é a verdade! Outra era decerto a nova que eu sonhava, mas as espadas nos cercam de todos os lados… O governador nos espia de seu antro, e Deus não nos vê do céu!…

Todos
Traição!

Tiradentes
Mas temos ainda um barco! Meus amigos, ao remo! Os espias farão fogo da outra margem; mas a correnteza nos levará de vencida! Aos remos e às pistolas, e salvemos a liberdade de nossa pobre terra!

Maria
Já não tendes barco.

Tiradentes
Mas é impossível ao menos que entre nós não esteja um Judas…

Todos
Quem é o traidor?

Maria
Carlota, ou antes Silvério. O barco deve ter ido a pique a estas horas; porque a miserável, sob um pretexto infame, veio executar as ordens do governador.

Cláudio
Oh! eu sempre previ!…

Alguns
Estamos perdidos!…

Tiradentes

Oh! nossa pátria foi vendida! e em que momento! quando a revolução levantava a cabeça, quando a América despertava, quando eu sentia o vagido do futuro nas fachas da liberdade, quando íamos agarrar o fogo sagrado como o Prometeu escalando o céu! Sonho sublime!... despertar tremendo!... O povo vai gemer ainda no cativeiro! os vampiros vão beber a última gota de sangue desta nobre terra... e as selvas seculares que viram o homem primitivo atravessar as brenhas no trilho da onça bravia, vão ver agora o tigre estrangeiro correr à cata da pobre raça brasileira... E os rafeiros hão de dilacerar-lhe a pele como a besta brava! Raça desgraçada! Deus nos fadou para a liberdade, temos a escravidão... deu-nos o oceano, temos a masmorra... deu-nos os Andes, temos a forca!... Eis tudo o que nos resta!...

Gonzaga

Pois bem, senhores, é ainda alguma coisa. Nós temos o cadafalso... é quanto nos basta! O cadafalso!... mas é um pedestal... Para o tirano ali o mártir se levanta como um fantasma, para o cativo como um Cristo. O cadafalso!... Os homens pensam que levantaram um parapeito sobre o nada, não, levantaram um degrau para o céu... e lá de cima... e lá do alto... como a águia que rola morta do topo do seu rochedo, como a avalanche que desaba do cimo dos Alpes... será grande, soberbo, gigantesco o tombar das cabeças revolucionárias nos braços do povo, o espanar do sangue de titãs na face dos tiranos! Sim, não nos deixaram viver para a pátria, morreremos por ela... Meus amigos, neste momento solene nós escutamos um rumor sublime... é o futuro que nos sorri... É uma campa e um berço – campa enorme de nossos avós escravos que nos diz: vingai-nos; berço enorme de nossos filhos que nos diz: libertai-nos... Saibamos morrer – entre estes dois concertos divinos, um da aurora da vida, outro da aurora da eternidade! Morramos.

Maria

Morrer! morrer! Eis tudo que eu alcancei para ti!... Morrer!...

Gonzaga

(*recua e encosta-se a uma coluna*)
Ah!...

Cláudio

(*aproximando-se de Maria*)
Morrer... e por que não? Escuta, belo pajem! Tu vais ver que a morte não é tão feia como se pinta. Sabes a história de Roma? Talvez não, mas vais conhecer quanto perdeste... Dize-me cá, nunca ouviste falar no banquete da morte que

aquele soberbo povo dava aos condenados?... pois bem, escuta... é o meu segredo... (*fala-lhe baixo*) Então ainda tens medo de morrer?

MARIA
(*como que acordando*)
Morrer!... (*atirando-se a Gonzaga*) Mas eu não quero que ele morra...

CLÁUDIO
Mas tu disseste que todos estávamos perdidos.

MARIA
Todos; menos ele; porque... ouvi bem, talvez daqui possa sair um homem, mas um só, e este homem será Gonzaga. Ah! vós falais, falais, falais, e quando eu penso que tudo isto vai concluir num meio de salvação, terminais com esta palavra: morramos! Pois bem, morramos; mas que ele se salve!... Não é verdade, meus senhores, que ele deve partir, que deve sair neste instante? E eu que lhe tinha dito isto, mas ele não quer... tem a loucura de tentar contra sua vida, a maldade de esquecer o meu tormento! Mas os senhores são bons, são seus amigos, peçam-lhe por mim que fuja... Oh! por piedade! Para que uma cabeça de mais no cepo do carrasco?! Enfim, bem se vê que eu tenho razão... peçam-lhe que vá, peçam-lhe...

Tiradentes

(*a Gonzaga*)

E tu que podes salvar-te queres morrer conosco!... Obrigado, meu amigo; é uma grandeza de tua alma, mas nós não aceitamos o sacrifício. Parte.

Gonzaga

Eu fico. Não se dirá que rejeitei o meu cálice de dor.

Tiradentes

Mas tu nos podes talvez ser útil lá fora, e aqui não farás mais que te abismar no egoísmo de sonhar a glória de mártir, esquecendo que podes servir o povo...

Gonzaga

Pois bem, vai tu que eu fico. Temos o mesmo direito.

Tiradentes

Não, enganas-te. Silvério é um traidor que nos perdeu por nossa confiança. A estas horas estamos comprometidos e já não tínhamos outra esperança de viver senão com o rompimento da revolução, mas contra ti não há um só documento, porque soubeste sempre unir a tua dedicação à prudência. Oh! talvez que a nossa leviandade tenha sido a fonte desta catástrofe, e nós que doidamente procedemos não consentimos que sofras por nossa causa.

GONZAGA

Não, eu fico.

CLÁUDIO

(*a Tiradentes, que vai falar depois aos outros companheiros*)

É preciso salvá-lo contra sua vontade. (*aproxima-se de Gonzaga*) Queres ficar? Neste caso salve-se alguém... e já que temos iguais direitos entreguemos à fortuna a escolha do infeliz.

MARIA

(*agarrando Cláudio*)

Não, a sorte não decidirá de sua vida.

CLÁUDIO

(*baixo*)

Perdão, senhor, eu vou fazer um acaso premeditado. Vou escrever o seu nome em todas as sortes.

TIRADENTES

Inscreve-nos todos e tiremos o eleito da fortuna.

TODOS

(*menos Gonzaga*)

Sim.

CLÁUDIO

Oh! que soberba idéia!... É uma grande banca em que apostamos! É uma parada sublime! (*enquanto rasga um papel e escreve em pequenas tiras*) Viva o jogo! o grande rei da loucura com seu cortejo de emoções, sua corte de calafrios, seu povo de possessos! Viva o jogo! O monarca mais democrata, o grande pontífice dos disparates, o republicano por excelência que faz uma careta ao rei, e uma carícia ao cavalheiro de indústria, e cantando e dançando ao compasso dos dados vai gritando: abaixo a razão, abaixo a força, viva a loucura!... Viva o jogo, parceiros!... e apostemos... Vem tirar o nome do desgraçado, lindo pajem! (*Maria tira um papel de dentro do chapéu*) Espera, (*rindo*) esta carta é de filar, vejamos o nome que bica... (*todos fingem prestar muita atenção, menos Gonzaga*)

MARIA

"Gonzaga"!

TODOS

Muito bem!

CLÁUDIO

Bravo! A sorte agarra pelas orelhas a quem lhe nega a mão.

GONZAGA

(*adiantando-se*)

Um momento, senhores, não se dirá que os homens da razão entregaram-se ao deus do acaso. Ah! meus amigos, quando há famílias que gemem, interesses que clamam, dores que podemos curar, lágrimas que podemos enxugar, e tudo isto, com uma escolha refletida, com um pensamento nobre, iremos arriscar na cegueira de um papel, como pródigos, responsabilidades que nos pertencem, mas como ladrões, dores que não são nossas? Não! todos concordaram; mas eu calei-me contando protestar se a sorte me escolhesse. (*movimento geral*) Não me interrompam. Há homens que vivem como o cedro de nossas florestas, donde a parasita mimosa se alimenta, a cuja sombra crescem as madressilvas campestres: arrancar-lhe a vida seria matar a trepadeira sem arrimo, o arbusto sem abrigo!... Há outros, porém, que nascem como o cardo na rocha do descampado, como o musgo no seixo do rio... sua morte não é um cataclismo, é uma extinção solitária. Pois bem (*a um dos que o cercam, e depois a cada um dos outros*), tu tens talvez uma irmã virgem – pobre moça que sorri ainda ao berço, e cora cismando no leito... E que seria da pobre criatura fraca, tímida e casta, sem um braço de irmão ao entrar da vida? Tu tens talvez uma filhinha, loura criança que olha espantada e risonha para o mundo, porque ainda tem o olhar deslumbrado pelo céu. E que seria da linda menina que balbucia teu nome como uma prece, e que não pode sequer compreender que vai ser órfã? Tu tens talvez a mãe decrépita – sublime velha que tem os cabelos brancos como as serranias os têm de neve, porque ambas se aproximam de Deus... E que seria da fraca mulher sem amparo que vive porque tu vives, que morrerá se tu morreres?... (*cruzando os braços*) Digam-me agora, e é ao acaso que entregam como pais suas filhas, como irmãos suas irmãs, como filhos suas mães? Digam-me, senhores!...

CLÁUDIO
(*a Tiradentes*)
Oh! em verdade tu tens uma irmã!

TIRADENTES
(*a Alvarenga*)
E tu tens uma mãe!

ALVARENGA
(*a outro*)
E tens filhos?

(*Os conjurados passeiam, sombrios, um momento.*)

MARIA
(*olha desvairada em torno de si,
depois adianta-se*)
Em verdade, meus senhores, creio que este homem tem razão, mas esqueceu-se de uma coisa... Acima da órfã sem arrimo, acima da irmã sem protetor, acima da mãe sem amparo... está a noiva sem honra!... Sim, a criança crescerá, a moça será feliz, a velha pensará em Deus, e quando mesmo todas morressem... morressem, sim, que importaria?... Nenhuma delas seria desonrada! (*pausa*) E a noiva, senhores, a pobre virgem que entregou seu coração ao homem, sua reputação ao cavalheiro, que guardou todos os seus sonhos de amor para ele, que amou a pureza de seus lábios para entregar-lha, a beleza de sua fronte para fazê-lo feliz, a vida para queimar a seus pés... sabeis o que será dela? Eu lhes digo... sem falar de seus sonhos perdidos, de suas esperanças mortas, de sua alma para sempre condenada... a pobre moça será vendida amanhã a outro senhor! Amanhã sua capela de virgem será desfolhada pelos dedos trêmulos de um velho perdido!... sua boca, manchada como a folha em que o réptil espojou-se!... seu pudor atirado à lama como o tablado de um amor horrendo entre um carrasco e uma vítima! Sim, porque ela será desse homem que ela vê sempre sobre seus passos, espiando, caminhando, ansiando, destacando-se

no vermelho da aurora como uma coisa sangrenta, na escuridão da noite como uma coisa inda mais negra. Sim, ela será dos beijos e dos amores desse homem... desse miserável, cujo olhar sequer já é uma mancha de lama!...

GONZAGA
O que é que tu dizes?

TIRADENTES
O que queres com isto?

MARIA
Nada, quase nada, senhores: entregar uma máscara a alguém que tem obrigação de defender uma mulher. Esta máscara salvará duas vidas, inda mais: duas honras. (*Cláudio sai*)

Cena XIII

Os mesmos e CARLOTA, *menos* CLÁUDIO

CARLOTA
(*tendo entrado a estas últimas palavras.
À parte*)
Esta máscara não salvará ninguém. Falta-lhe o rosário. (*desliza por trás dos conspiradores para fugir*)

GONZAGA
(*a Maria*)
O que é isto? dize, o que é isto?

MARIA
É uma história, senhores, é a história deste homem (*a Gonzaga*), de um rival, e a minha.

GONZAGA
Ah! estou pronto para partir.

MARIA
Enfim! Pois então vem. (*todos entram para a casa*)

LUÍS
(*vem do fundo da cena arrastando Carlota pelo braço*)
Tu vais morrer!...

CARLOTA
Mas, senhor...

LUÍS
Cala-te, eu sei tudo. Reza a tua última oração desgraçada, e pede a Deus que te perdoe, como eu te castigo.

CARLOTA
Meu pai! meu pai!

Luís
Não, teu pai não virá, mas teu juiz está aqui.

Carlota
Então deixe-me rezar um instante, Sr. Luís... eu preciso que Deus tenha pena de mim... Ele terá porque eu fui muito desgraçada... muito!... Os homens me perderam, e eu fui apenas seu instrumento, porque eu sou escrava, porque mataram-me a vergonha, tiraram-me a responsabilidade dos crimes, sem me arrancarem o remorso. Oh! é uma coisa horrível ter de escolher entre infâmia e infâmia!... ou perdida, ou traidora!... Eu fui traidora... não, não fui eu... foi meu senhor... porque eu sou escrava, meu Deus, eu sou escrava!...

Luís
(*confuso*)
Cala-te e reza depressa que vais morrer.

Carlota
(*depois de um momento*)
Eu já rezei. Agora deixe-me beijar pela última vez o rosário de minha mãe... (*em pranto*) Oh! minha mãe! tu já não podes proteger-me! Oh! meu pai! tu nem sequer me vês!...

Luís
(*voltando-se para ela*)

Estás pronta?... (*Carlota levanta-se*) Pois então morre!... (*ergue o punhal, mas, vendo o rosário, abaixa pouco a pouco o braço trêmulo – atirando-se sobre o rosário*) Que é isto? quem te deu isto? como tens este rosário? Ah! fala... fala... se não queres que eu enlouqueça... Carlota... Carlota... a história deste rosário... eu quero saber de quem o roubaste... dize enquanto eu posso ouvir.

CARLOTA
Oh! que lhe importa este rosário? Foi-me dado por uma pobre mulher na hora da morte, foi a mão trêmula de uma mãe quando ia afogar-se que mo atou ao pescoço... é a história de uma defunta e de uma condenada... história triste como tudo que sai do cativeiro!... Foi minha mãe que mo deu com estas santas palavras. "Por ele terás teu pai." Ai! minha mãe esquecia-se de minha condição quando sonhava tanta felicidade! Pobre mãe! E depois quanto sofri para desmentir-te!... Fui para o Rio de Janeiro, onde meu senhor vendeu-me ao Sr. Silvério. "Compre-a, disse então, já não tem mãe, quanto ao pai é um escravo de Minas, que ela nunca poderá encontrar." Eu era muito pequena, porém bem me lembro que continuou contando-lhe uma história ao ouvido... devia ser bem horrível, porque ambos esses homens riam-se... E eu... eu apertava chorando o meu

rosário de prata contra o peito, e chamava baixinho por meu pai! Depois passaram-se anos, cresci na miséria, fiz-me moça na desgraça... Um dia o Sr. Silvério disse-me: "Queres teu pai?" Eu não tive que responder-lhe, abracei-me, chorando, aos seus joelhos. Ele entendeu-me e riu-se. "Pois então ouve bem, Carlota, tu és uma moça livre, honesta, que vai ser aia da mais linda senhora de Minas." Eu beijei-lhe os pés, mas ouvi-o continuar numa gargalhada: "Teu ofício ali será apenas de denunciar." Eu estaquei de horror. Até então tinha os vícios de minha casta, mas nenhuma infâmia da alma. Ele voltou as costas: "Já vejo que não queres teu pai!"

LUÍS

Ah! E teu pai? teu pai por quem chamavas há pouco?

CARLOTA

Oh! ele não virá!... Debalde eu fiz-me infame, falsa, traiçoeira e indigna para encontrá-lo! Vê todas estas vítimas (*aponta a casa*), eu as imolei, porque ia agora conhecer meu pai!

LUÍS
(*ansioso*)
Carlota! Carlota! como se chamava tua mãe?

CARLOTA
Cora. Mas por que me interroga tanto, Sr. Luís?

LUÍS
(*desvairado*)
Pois ainda não entendeste, Carlota? Não sabes por acaso o nome de teu pai?

CARLOTA
Luís.

LUÍS
É o meu nome, Carlota, eu sou teu pai, minha filha!...

CARLOTA
(*atirando-se a ele*)
Meu pai!...

LUÍS
Minha filha!... (*ouve-se ao longe o toque de corneta*) Pára.

CARLOTA
(*solta um grito e cai nos braços de Luís*)
Ah!

LUÍS
(*sustentando-a e erguendo uma faca*)
Venham arrancar os cachorrinhos ao tigre!...

Cena XIV

Os mesmos e Cláudio

Cláudio

Meus amigos, a trombeta de Josafá nos evoca ao festim da liberdade! As taças estão prontas, o vinho nos espera! É o banquete da morte, meus senhores: nós somos como os escravos gauleses, amanhã o circo, hoje o falerno!...

Tiradentes

Sim, meus irmãos! e que o brinde dos mártires moribundos da terra soberba da América levante-se ao céu com o som da trombeta dos tiranos estrangeiros! O futuro os escutará a ambos... E agora um último abraço ao irmão que parte, um aperto de mão aos companheiros que ficam. Bom dia aos viajantes da morte, boa noite ao peregrino da vida.

Gonzaga

Meus amigos, adeus!... um último abraço... venham que pela última vez quero sentir o coração de cada um destes bravos bater sobre o meu. (*um dos conspiradores vai abraçá-lo*)

O conspirado

Fala de mim a meus filhos.

Gonzaga

Sim, eu lhes direi que são os descendentes de um herói.

Alvarenga

Consola minha pobre mãe. Dize-lhe que lá em cima Deus nos espera.

Gonzaga

Oh! Alvarenga, meu amigo, meu companheiro! Eu te chamava primo, és agora meu irmão. Ela terá outro filho em mim. Adeus! (*a Cláudio*) E tu, Cláudio, meu Glauceste, vem cá... não queres alguma coisa para a vida? não queres abraçar teu amigo?

Cláudio

Meu irmão! meu irmão! Dize a ela que receba os últimos versos do moribundo... Adeus!

Tiradentes

(*muito comovido*)

Adeus! (*enxuga os olhos*) Dize ao povo que eu morri.

Gonzaga

Oh! teu túmulo será seu coração. Adeus! adeus, meus amigos! (*vai a sair*)

LUÍS
(*deixando Carlota*)

E eu, meu senhor moço, e o pobre negro que o carregou em criança, que lhe deve sua liberdade e sua vida, e os poucos momentos de felicidade que teve sua pobre mulher, não poderá ao menos beijar-lhe a mão?

CARLOTA
(*que tem escutado*)

Ah! compreendo agora. Minha mãe falava sempre de uma criança que tinha sido o seu anjo. É ele... e a filha de minha mãe é quem o mata?... Não, não será assim.

GONZAGA

Luís, dá-me um abraço, meu velho. (*Abraçam-se.*)

LUÍS

Vá, meu senhor, e Deus o acompanhe.

CARLOTA
(*a Gonzaga e Luís que estão abraçados*)

Um momento. Esta máscara não basta. Tome este rosário, senhor, e apresente-o ao Sr. tenente-coronel, que só assim passará!... do contrário está perdido. Vá por ali. Foi a criança que o deu a minha mãe, sua filha vem entregá-lo ao homem. (*dá-lhe o rosário*) Vá, meu senhor, e perdoe-me... perdoe à pobre filha de Cora.

Gonzaga
(*olha interdito um momento para ela, depois para o rosário, depois para Luís*)
Carlota! Ah! pobre Luís! Deus enfim te escutou!

Carlota
(*a Maria*)
E Vm., minha senhora, tome sua máscara e fuja. Não leve tão longe o seu heroísmo. (*baixo*) Eu sei que enganou o Sr. Gonzaga, que disse-lhe que podia sair, e talvez o possa se o governador ainda não descobriu o laço em que foi preso. Ah! é verdade... vá por aqui. (*aponta a esquerda*)

Maria
Obrigada, Carlota, eu te agradeço a vida, porque ele está salvo!...

Carlota
E agora, meus senhores, perdoem-me, porque eu vou morrer; meu pai, abra-me seus braços, porque eu vou viver.

Gonzaga
Oh! nós te perdoamos, porque tu foste escrava...

Maria
Eu te perdôo, porque tu amaste muito.

Gonzaga
(*olha um momento interdito o grupo de Carlota e Luís, depois o dos conspiradores na varanda; faz dois passos para estes, depois para aqueles*)

Meus amigos, adeus... a glória vos prende ali, a honra me arrasta além! Adeus!... até o cadafalso ou até a glória! (*todos acenam-lhe com o lenço. – Ele sai precipitadamente pelo fundo. Maria acompanha as palavras de Gonzaga e sai pela esquerda*)

Cena XV

Os mesmos, menos Gonzaga *e* Maria

(*Ouve-se mais próximo o toque das cornetas.*)

Tiradentes
É o rebate da glória, meus amigos!

Cláudio
É a alvorada da eternidade!

Luís
É o dobre de tua morte, minha filha!

CARLOTA
É o perdão de meus crimes, meu pai!

Luís
(*aperta o coração desesperado, depois olhando o céu*)
É a vida que foge, mas é a honra que vem.

CLÁUDIO
Todos ao banquete da morte, revolucionários!

TIRADENTES
Ao pedestal da liberdade, brasileiros. (*todos vão entrando*)

Luís
E nós também somos brasileiros, e nós também somos revolucionários, e nós também somos mártires. Carlota, ao banquete da morte! porque o sangue dos escravos dos homens é irmão do sangue dos escravos dos povos, ambos caem na face dos algozes, ambos clamam vingança ao braço do futuro. (*todos saem*)

Cena XVI

SILVÉRIO, *depois* O GOVERNADOR

Silvério
(*vem do fundo*)
As onças estão na toca. (*aponta a casa*) As matilhas estão na pista. (*aponta ao fundo*) É a hora dos caçadores de homens.

O governador
É a hora das aves de rapina. (*a Silvério*) Ele é meu, Silvério, e agora não me escapará. Oh! eu morria de impaciência; meu coração saltava-me no peito como uma fera na jaula. Pobre amigo! ele tinha fome e sentia o cheiro da presa que tardava muito.

Silvério
Era preciso esperar Carlota, e apenas ela falou ao tenente-coronel marchamos logo. Quando ela saiu por ali nós entramos por cá. (*aponta o fundo à direita, depois o fundo à esquerda*)

O governador
Mentes! ela acaba de sair pela mata.

Cena XVII

Os mesmos e Carlota

Carlota
(*abrindo precipitadamente a porta*)
Mentem ambos, senhores, Carlota está aqui.

O governador

Carlota?!...

Silvério

Carlota?!...

O governador

Então a quem deixei eu escapar?

Carlota

A D. Maria, Sr. governador.

Silvério

E quem fugiu por ali?

Carlota

Gonzaga, Sr. Silvério.

O governador
(*a Silvério*)

Eu pensei que tu eras o mais indigno dos homens, conheço agora que és o mais estúpido dos malvados. Tu mo fizeste perder, porém estás também perdido.

Silvério

Senhor!...

O governador

Cale-se! (*dirige-se para o fundo*)

SILVÉRIO
(*a Carlota*)
Ouviste, Carlota, eu estou perdido; é a tua condenação que escutaste. Lembras-te do que eu te disse um dia? Quando cair da graça do governador, esta cabeça te cairá dos ombros, sem que tenhas ao menos conhecido teu pai!

CARLOTA
Engana-se, senhor, eu acabo de receber seu perdão e sua bênção.

SILVÉRIO
Pois bem: agora é que serás... desonrada!... Ah! tu o conheces?!... tanto melhor. Eu quero que vivas... É verdade, tu tens um namorado... queres te casar... depois, encontraste teu pai que procuravas há tanto tempo... Tens razão!... Como será lindo, Carlota! Feliz!... com seu velho pai para amparar uma porção de filhinhos nos joelhos!... (*rindo*) e uma porção de maridos nas senzalas!... Oh! será soberbo! é um quadro patriarcal!...

CARLOTA
Ah!

SILVÉRIO
(*chamando para o fundo*)
Paulo! Paulo!

Cena XVIII

Os mesmos e um negro que aparece ao fundo

Silvério
Paulo, vês esta mulher? É tua. Leva-a para tua esposa.

Carlota
Não, eu irei mais longe... Meu pai! meu pai!... tua filha não prostituirá a boca que tu purificaste. (*sai com Paulo*)

Silvério
Vinguei-me, mas estou perdido!

Cena XIX

(O governador, Silvério, *depois todos os conspirados e os soldados ao fundo.*)

Silvério
(*vai rapidamente à casa batendo à porta*)
Senhores, em nome de sua majestade, a rainha, estais presos. (*abrem-se todas as portas com estrondo. Vários pajens seguram archotes e os conspirados entram todos lenta e solenemente*)

Todos

Agora é que somos livres. (*vão passando diante de Silvério, que se encosta a uma das colunas*)

(*Ouve-se ao longe o canto da escrava durante a cena que se segue.*)

Eu sou a pobre cativa,
A cativa de além-mar,
Eu vago em terra estrangeira,
Ninguém me quer escutar.

Tu que vais a longes terras,
A viajeira andorinha,
Vai dizer a minha mãe,
Que eu vivo triste e sozinha.

Mas diz à pobre que espere,
Que o vento me há de levar,
Quando eu morrer nesta terra,
Para as terras de além-mar.

Cláudio
(*a Silvério*)

Retirem isto daqui... Não vêm que queremos passar? Sr. governador! é mau expor homens de bem a roçarem por coisas tão vis!...

Silvério

Ah! o senhor me insulta?! Pois bem; tire desta espada. (*puxa a espada*)

Alvarenga
Criados! tragam chicotes para um duelo com este homem.

Cláudio
Não, são rapazes honestos... não exponham os chicotes a mancharem-se nesta espada.

Silvério
Desgraçados (*caminha para a esquerda*) Sr. governador, estes homens me insultam! V. Exa. vê... Vingue-me de meus inimigos.

O governador
E tu me vingaste do meu?

Silvério
Eu vingá-lo-ei, senhor.

O governador
Então eu te ouvirei, agora estou surdo.

Silvério
Oh! (*recua horrorizado para o lado direito, onde fica aniquilado*)

Um conspirado
(*passando pela frente de Silvério, que estremece*)
Brasileiro, tu atraiçoaste tua pátria.

ALVARENGA
Homem, tu imolaste nossas famílias.

PADRE CARLOS
Judas, que é feito de teu mestre? Tu tens os trinta dinheiros na mão.

CLÁUDIO
Caim, limpa o sangue de tua destra.

SILVÉRIO
Ainda não basta? ainda não terminaram? (*a Tiradentes*) Sim, agora o senhor insulte-me também, lance também a sua pedra... Vamos... (*Tiradentes mede-o de alto a baixo e passa*) Ah!... despreza-me?... é o último insulto. (*voltando-se para Luís*) Vem tu agora, Luís; vem tu também, negro, vem tu também, escravo, vem tu também, pai de Carlota!...

LUÍS
Não manche segunda vez o nome de minha filha!... (*ouve-se um grito ao longe*) Que grito é este? quem soltou este grito? (*a Silvério*) Fale, miserável, fale.

SILVÉRIO
Ah! ah! ah! Eu não posso dizer, Luís, eu não quero desonrar este nome... bem vês que é impossível... Ah! ah! ah!

Luís
É minha filha que o senhor mandou matar?... Jure neste instante a verdade... se não quer que eu o esmague como um réptil.

Silvério
Enfim, já que o exige... Eu juro, sim, por Deus ou pelo contrário, eu quero-a viva, muito viva... Oh! não sabes quanto eu daria para que ninguém lhe tocasse sequer num cabelo!... Eu quero-a bela, com alma pura para pensar, com coração para sentir. Estúpida presa é um cadáver! a sussuarana bebe o sangue quente... eu quero as dores requintadas.

Luís
Miserável! O que me passou agora na cabeça é horrível! Qual é a sorte a que destinas minha filha? Fala... arranca essa idéia que me morde o cérebro...

Silvério
(*lento*)
Eu destino-lhe o lugar de esposa de todos os meus escravos. (*Luís vai a atirar-se a ele*)

Cena XX

Os mesmos, Paulo *e* Carlota

(*Paulo entra rapidamente, trazendo às costas Carlota morta, com os vestidos em desordem e a testa cheia de sangue.*)

Todos

Carlota!

Luís

(*desvairado, tomando-a nos braços*)

Minha filha! minha filha!... Tu te suicidaste, estás morta... já não ouves!... (*todos rodeiam-no à boca da cena*) Carlota! tu eras uma escrava! Carlota! tu eras uma mulher! Carlota! tu eras uma virgem! Deus te escolheu para a primeira vítima! Pois bem; que o teu sangue puro, caindo na face do futuro, lembre-lhe o nome dos primeiros mártires do Brasil.

(*Fim do Ato Terceiro.*)

ATO QUARTO

AGONIA E GLÓRIA

(*O teatro representa uma sala da prisão da ilha das Cobras. Quatro portas laterais com reposteiros. Ao fundo três grandes arcos fechados com reposteiros pretos, que a seu tempo se abrem deixando ver ao longe o mar e um barco.*)

Cena I

Gonzaga

Gonzaga
(*só*)
Prisioneiro de Estado!... Eis o que eu sou!... condenado à morte!... eis o que serei... Hoje a

masmorra – amanhã a cova... Dilema terrível! Uma boca de pedra que tem fome de um cadáver! Uma boca de granito que tem fome de uma alma! Oh! mil vezes a cova!... Ela é fria, negra, solitária, imunda... mas o defunto é mais frio, mais negro, mais imundo... É um par igual – uma pedra e um osso. Mas a prisão?!... Deus fez a cova – o homem fez a masmorra! É uma coisa que vos esmaga, vos ouve, vos vê; sem vos apertar, sem vos escutar, sem vos olhar. É a imobilidade, é o frio, é a estupidez, é a morte abraçando, rodeando, aniquilando a atividade, o fogo e a vida... Dir-se-ia que o homem é uma mosca dourada debatendo-se na garganta de um sapo morto!!... Olha-se – é a cegueira! canta-se – é a surdez! Grita-se – apenas algum morcego voa como uma idéia negra pela fronte da abóbada! Chora-se – e a lágrima transforma-se em lodo no chão. Então um pensamento estranho, mão fria... uma dúvida visionária, mas terrível, passa pela cabeça do homem, que diz com um riso de louco: "Quem sabe se eu já morri?!..." mas, para convencer-se, faz tremendo alguns passos – nada ouve... o chão é úmido... Espantado encosta-se à parede – ela é gelada, mas seu peito ainda é mais... "Eu estou tão frio como um defunto", murmura passando a mão pelo rosto – o que ele toca é uma caveira... "Ah!", clama o desgraçado, e cai sobre a lájea mais estúpido que ela... Então escuta... escuta... escuta!... Começa a ouvir um ruído surdo em seu peito, e uma coisa que se agita lentamente em seu cérebro... É o verme que rói aqui (*leva a mão ao coração*), é a larva que morde cá! (*leva a mão à cabeça*) Sim, desgraçado! É o desespero que se apascenta no coração, é a loucura que mastiga o cérebro, é a alma que apodrece... Desesperar! enlouquecer! apodrecer! eis meu destino. Lá fora está a vida – um punhado de homens que rasgam, rindo, minha mortalha, que preparam os círios de minha agonia, as tochas de meu saimento. E eu os escuto... quero gritar! mas parece que a voz não sai da garganta. Eles continuam a falar pacificamente... Cá dentro um outro diálogo ainda mais sombrio: "Eu tenho frio, diz a pedra. Eu tenho fome, diz a terra. Esperemos, ele nos virá aquecer e saciar!" E eu, que os escuto, quero fugir: mas a imobilidade me agarra, enquanto elas continuam a conversar na sombra!... Ah! eu não tenho medo de morrer!... mas não aqui – sentindo a escuridão e o silêncio em torno de mim... e sobre minha cabeça este outro fantasma ainda mais negro – o esquecimento!... Não, eu não sou o réptil que morre no charco, nem o fogo-fátuo que se extingue no pântano... Eu quero a praça, o povo que turbilhona, a acha que cintilha, o sol que resplandece... Eu quero também o meu cortejo, o cortejo da minha realeza de mártir... Lá, sim, eu quero morrer!...

Cena II

Gonzaga *e* Luís

(*Percebem-se um instante os soldados que o trazem pela esquerda alta.*)

Luís
E sua pobre pátria, e sua noiva?

Gonzaga
(*estremece*)
Ah! és tu, meu velho prisioneiro?

Luís
Eu mesmo que ainda há pouco rocei por Vm. no corredor dos segredos.

Gonzaga
É verdade. Creio que será hoje o terceiro interrogatório. Desde pela manhã concederam-me que viesse para a sala da audiência... E a ti também?

Luís
A mim não concederam... ordenaram... O caso é simples. Trata-se de um destes reposteiros falsos, de uma destas portas mascaradas, que são outras tantas armadilhas numa prisão de Estado... Oh! aqui não escapa um meio de

surpreender o pensamento de um preso... mas como o trabalho pedia mão de artista, empregam-me nele; no mais deixam-me trabalhar ali (*aponta a porta da esquerda baixa*) dia e noite; certos que a sentinela não me deixará fugir e de que aquela porta esconde, mas não deixa escapar... Oh! é felizmente um meio que tenho de encurtar estes longos dias de prisão...

Gonzaga
Sim! porque estes miseráveis vão lento... lento como a maré que sobe em torno de um homem atado.

Luís
Mas isto acabará.

Gonzaga
Por matar-me.

Luís
Não, por livrá-lo. Vm. está, há quase um ano, preso, encerrado nestes negros segredos da ilha das Cobras.

Gonzaga
E então?

Luís
O processo não pode continuar.

Gonzaga

Enganas-te: ainda não vieram as declarações que o juiz exigiu de Minas.

Luís

É verdade... isto é que demora; mas como foi este miserável Basílio de Brito que o denunciou, sendo seu inimigo, o juiz desembargador Torres vai em falta de provas dar talvez por nulo o processo.

Gonzaga

É bem difícil... Entretanto eu estou preso, só, abandonado... Passo os dias a escutar as lágrimas que caem do teto da masmorra... as noites a escutar de horas em horas o grito monótono da sentinela, que brada "alerta!..." Eu me sinto envelhecer, sinto que o meu corpo perde as forças e restam-me bem poucas esperanças... Oh! se ela viesse... talvez eu renascesse... Escuta, Luís. Tu me vês bem triste e queres consolar-me, não é verdade?... Pois fala-me dela... Se soubesses há quanto tempo não recebo uma palavra, uma letra!... Cada manhã eu me levanto e digo, sorrindo, "hoje", cada tarde eu me deito e murmuro, chorando, "amanhã". Entretanto se ela soubesse que eu vou morrer talvez viesse!... Luís, deixa-me escrever... Talvez possas enviar-lhe esta carta... é a última... a derradeira esperança... o extremo clarão de minha vida que se apaga. (*escreve rapidamente sobre a mesa*)

Luís

(*à boca da cena*)

Quem sabe, é talvez ainda um desengano. D. Maria é uma mulher, seu tio um inimigo, o governador um homem terrível, Silvério um infame. A luta é desigual... Ela que já não escreve é porque já enxugou as lágrimas... Mas, não; seria melhor abafar-lhe o último sopro da vida! Pode-se assassinar um homem; mas um moribundo... O diabo, se em tal pensasse, choraria.

Gonzaga

(*lendo*)

Já, já me vai, Marília, branquejando
Louro cabelo, que circula a testa:
Este mesmo, que alveja, vai caindo
    E pouco já me resta

As faces vão perdendo as vivas cores,
E vão-se sobre os ossos enrugando,
Vai fugindo a viveza dos meus olhos;
    Tudo se vai mudando.

No calmoso verão as plantas secam;
Na primavera, que aos mortais encanta;
Apenas cai do céu o fresco orvalho
    Verdeja logo a planta.

A doença deforma a quem padece;
Mas logo que a doença faz seu termo,
Torna, Marília, a ser quem era dantes
    O definhado enfermo.

Supõe-me qual doente, ou qual a planta
No meio da desgraça, que me altera;
Eu também te suponho qual saúde,
    Ou qual a primavera.

Se dão esses teus meigos, vivos olhos
Aos mesmos astros – luz, e vida às flores,
Que efeito não farão, em quem por eles
    Sempre morreu de amores?...

Luís
(*que se tem aproximado comovido, pegando-lhe nas mãos*)
Meu senhor, ela virá.

Gonzaga
Tu o crês? (*ouve-se em distância um grito d'armas*)

Luís
(*indo precipitadamente à esquerda alta*)
Senhores soldados, que ruído é este? Os juízes não têm grito d'armas.

Uma voz
(*dentro*)
É o Sr. governador que chega.

Gonzaga

O governador! Enfim eu o encontro. (*procura na cinta a espada*) Ah! estou desarmado, não tenho mais espada, é o mesmo, a espada é para os homens... para os lacaios basta uma outra arma!

Luís

Não, meu senhor, é preciso que pise primeiro neste pobre velho, no coração de sua terra, no seio de sua pobre noiva.

Gonzaga

Minha pátria! Maria! Ah! (*indo ao fundo*) Sr. carcereiro, os juízes ainda não vieram, conduza-me à prisão... Luís... tu tens razão... visconde de Barbacena, podes entrar. Estou peado... há entre mim e ti o nome de uma mulher, é um abismo que eu não salto... amanhã haverá apenas entre minha mão e o teu rosto um passo... (*sai precipitadamente pela esquerda alta*)

Luís

Quanto a mim, não. Dois malvados que falam são duas cobras que geram. Ocultemo-nos. (*sai pela esquerda baixa*)

Cena III

[O GOVERNADOR e SILVÉRIO]

SILVÉRIO
Creio que estamos sós. Lá vão os prisioneiros. Ainda bem.

O GOVERNADOR
Queres saber, Silvério, tu me fazes horror...

SILVÉRIO
Senhor! Eu não faço mais que adivinhar-lhe os pensamentos. V. Exa. é a cabeça, eu sou o braço...

O GOVERNADOR
Um braço que me agarra pelos cabelos e me impele para o crime.

SILVÉRIO
Mas, senhor, o que tenho eu feito?

O GOVERNADOR
Como és inocente!... Tu me perguntas. Quem prometeu um dia entregar-me Maria?

SILVÉRIO
Eu! mas V. Exa. amava-a. E quando um homem como o Sr. visconde ama, possui. Bem vê que aí estava a cabeça, aqui o braço...

O GOVERNADOR

Sim! tu sabes ligar-me a todos os teus crimes. Tu me sopras todos os pensamentos maus, tu me apontas o abismo... e quando eu sou presa da vertigem, da raiva e do ciúme, dizes-me: "V. Exa. que tem este humilde servo às suas ordens." Ah! servo do diabo... Dir-se-ia uma sucurujuba que arrasta um touro para o rio... e que lhe diz, rindo: "Senhor, se quer ter a bondade de afogar-se, eu o carregarei." Miserável!... Dize-me agora, quem urdiu esta calúnia infame? Quem disse ao tio de Maria que Gonzaga pedira sua cabeça? Quem foi?

SILVÉRIO

Mas, senhor, creio que V. Exa. ...

O GOVERNADOR

Eu?

SILVÉRIO

Entendamo-nos. Gonzaga era um revolucionário... ao passo que o tenente-coronel um dedicado súdito de sua majestade. V. Exa. disse um dia: "A revolução quer a cabeça dos vassalos de Portugal." Eu repeti: "Gonzaga quer a cabeça do Sr. Carlos." É ser lógico. A minha proposição contém-se na de V. Exa., que me desculpará não aceitar glórias que me não pertencem...

O GOVERNADOR

E quem forjou a denúncia de Basílio de Brito, que por si só não a teria feito? Fui também eu?

SILVÉRIO

V. Exa. pediu-me que o vingasse. Eu o vinguei.

O GOVERNADOR

Silvério! Tu acendes em mim um amor criminoso, como o incendiário. Tu cortas o destino de uma pobre moça, como o ceifador. Tu decepas as cabeças de teus irmãos, como um carrasco e ris sobre todos estes destinos mutilados, como o gênio do mal. E dizes que és meu instrumento. Não, tu és o braço do inferno... se não o próprio Diabo!...

SILVÉRIO

(*à parte*)

Comédia! comédia! comédia! Este homem será sempre um mau ator. Mistura Satanás com Cristo e não sabe ser bom, da mesma sorte que não presta para mau. Digo-lhe vingança, grita: remorso!... se eu lhe falo em perdão, clama: extermínio! Vejamos (*ao governador*) É verdade, Sr. governador, agora reflito e tenho pena do que hei feito... felizmente ainda é tempo de arrependermo-nos. V. Exa. sustará a correspondência secreta que tem com a corte de Lisboa, na qual pede a perseguição dos criminosos e a morte de todos... Eis uma ação brilhante pela qual começaremos a expiação.

O GOVERNADOR
Na verdade, é bem possível!

SILVÉRIO
Não basta... É preciso ainda que o desembargador Torres continue a ser juiz neste processo; é um homem severo, mas que não condenará sem provas... ao passo que o conselheiro Vasconcelos Coutinho morre por uma condenação e condecora-se com o sangue de um réu... É um homem malvado, artificioso, terrível e, de mais, amigo íntimo de V. Exa. Oh! se ele viesse preencher o lugar que o Sr. visconde lhe destinava, os conspiradores estariam de certo perdidos. É uma bela continuação do nosso arrependimento. Este homem não virá, não é assim, Sr. visconde?

O GOVERNADOR
Talvez!

SILVÉRIO
Quanto às declarações que o advogado exigiu de V. Exa., e do Sr. intendente de Minas... favoráveis como devem ser, darão a liberdade imediatamente ao Sr. Gonzaga...

O governador
(*rápido*)
E depois?

Silvério

Depois?... Depois nada... Perdão! Depois teremos a consciência calma e pura que nos abençoe... a glória de ver as vidas que salvamos... a felicidade de olhar a alegria dos outros... e mais tarde... e pouco mais tarde a recompensa de Deus. Ah! tem razão! Sr. governador! Já estou cheio de prazer, mas de um prazer celeste... Este pobre Gonzaga que sofre, que está quase moribundo... voltará à vida... será feliz... E Maria, e Maria que está pálida como uma estátua!...

O governador

Viste-a? Fala! Viste-a?

Silvério

Via-a ainda há pouco quando levei-lhe esta maldita carta de V. Exa. Quando encarou-me, estremeceu... Oh! como era bela... pálida como uma virgem druídica na hora do sacrifício... com os olhos alumiados de um fogo trêmulo como o das estrelas, com a boca palpitante de comoção, como uma folha pesada de orvalhos... ela leu esta carta, ou antes, devorou-a. Estava arrebatadora de paixão e de amor, mas quando terminou a leitura, levantou-se de súbito... Nunca acreditei em prodígios... mas ao vê-la... altiva, soberba, atirar com um gesto sublime os cabelos negros para as costas e dizer com uma voz argentina e vibrante: "Diga que eu irei", pareceu-me que não escutava uma mulher... Era o anjo da paixão e da beleza deslumbrante na hora de um sacrifício divino...

O GOVERNADOR
Oh! fala-me, fala-me de Maria...

SILVÉRIO
É falar de uma santa... Feliz o homem que estremecer, apertando aquela mãozinha à sombra de uma murta, que desmaiar de amor nos raios daqueles olhos, que roçar de leve com um beijo trêmulo aquela boca perfumada e linda, que suspirar pelas noites de luar no tremor daqueles seios e mergulhar na sombra daqueles cabelos negros. Oh! bem feliz! Que harmonia não terá uma palavra de amor que ela suspire... um gemido de languidez que ela soluce... os dois amantes passearão com as mãos enlaçadas pelos campos e se enlaçarão sobre a grama cheirosa dos outeiros... Oh! é um amor do céu que os anjos invejarão.

O GOVERNADOR
(*apaixonado*)
Que Deus mesmo invejará...

Silvério

E os homens e os anjos e Deus invejarão a Gonzaga...

O governador

(*ergue-se de repente levando a mão ao coração*)

Tu me mordeste... no coração, Silvério. Silvério! eu quero esta mulher. Ninguém lhe tocará sequer na sombra, eu a quero para mim só. Que me importa o inferno e o crime?... Eu sou um condenado... mas eu levantá-la-ei mais orgulhoso nos meus braços do que Deus levanta a sua coroa deslumbrante... Ah! tu fazes de mim Tântalo... é preciso que me mates a fome... Ouves bem? Obedece ou escolhe!... se ela não for minha, tu serás da forca, mas se ma deres eu serei teu.

Silvério

(*humilde*)

Senhor, V. Exa. é a cabeça, eu sou o braço.

Cena IV

Maria, o governador e Silvério

Maria

Sr. governador, eu disse que vinha... Aqui estou.

O governador

Minha senhora! eu não contava com tanta pontualidade.

Silvério

(*ao governador*)

Eu contava, porque ela ama aquele homem.

O governador

(*a Silvério*)

Tu és o demônio. Vai-te.

Silvério

Minha senhora, creio que o tio de V. Exa. não chegará tão cedo... entretanto, logo que o faça virei preveni-la.

Maria

Obrigada.

Silvério

(*ao governador*)

Lembre-se do que me disse: *se ela* não for minha, tu serás da forca; mas se ma deres, eu serei teu. (*sai*)

Cena V

O governador *e* Maria

O GOVERNADOR

Senhora, eu afastei um instante o meu ajudante de ordens, para dizer-lhe uma palavra.

MARIA

Eu o escuto.

O GOVERNADOR

(*vai ao fundo, e depois volta rapidamente*)

Recebeu minha carta? Leu, pesou cada uma daquelas palavras? Sentiu, senhora, tudo quanto há ali de fatal, calculou que um homem pode fazer o sacrifício da sua vida, mas nunca o da felicidade? E que eu que a tenho nas mãos, não deixá-la-ei fugir? Diga, Maria, o que resolveu? Eu espero, como um condenado, a minha salvação ou a minha morte.

MARIA

O senhor me pergunta se li sua carta?... Li-a, senhor, e ainda trago-a aqui (*tira um papel do seio*). Vi o pacto infame que me propõe, o crime sobre o qual pretende levantar o seu leito de núpcias, a traição com que quer coroar a cabeça de sua noiva... Li sua carta, Sr. visconde!.... Li sua carta, miserável!

O GOVERNADOR

Senhora! Já não é a primeira vez que me insulta, mas será a última.

MARIA

Perdão, senhor… há em qualquer canto da terra um cepo em que uma mulher possa vender seu corpo… mas a entrega de uma alma, precisa de toda a largura do céu para balcão, e só Deus é o mercado…

O GOVERNADOR

E então?

MARIA

Então?… Eu quero ainda escutá-lo… creio que me falou do seu poder… na… morte de Gonzaga… Mas, ainda duvido de tudo isto… Duvido, sim! porque creio em Deus.

O GOVERNADOR

E não acredita no demônio?

MARIA

Eu o conheci, senhor.

O GOVERNADOR

Para nossa desgraça… Porque a senhora é hoje uma condenada, inda que do céu; esse homem um condenado da terra, e eu um condenado do inferno… Todos três desgraçados, mas somente eu réprobo maldito!!! Sim! porque eu o sou… Se o não fosse!… mas seria o mesmo. Ah! como tudo isto fez-se horrível!… Tu seguias risonha pelo trilho do céu, mas tropeçaste numa pedra e sangram teus joelhos pisados!... Eu caminhava calmo à beira de um precipício, mas ferido de uma asa luminosa rolei no abismo. Oh! Maria, a asa que me enleou foi a ponta diáfana do teu vestido, a pedra em que tropeçaste foi o meu coração... Não amaldiçoes a pedra, como eu não amaldiçoo a asa!... Maldito seja quem me lançou no teu caminho... maldito! (*passeia um instante agitado*) Entretanto eu te encontrei... Dizer-te que te amei seria pouco... Desde este momento acreditei que o que havia de mais luminoso na vida era a própria sombra do teu corpo... Entretanto a mariposa ainda lutou contra a atração da lâmpada – fugiu... Oh! nunca saibas a história desta luta... Era um espetáculo horrível! Verias, como eu via nas minhas horas de alucinação, um covil escuro... em cujas paredes debatia-se um doido furioso. Era a torre e o conde Ugolino – era meu crânio e minha alma. Um dia não pude mais. Disse-te que te amava. Tu voltaste as costas. O primeiro passo estava dado. O mais era uma gravitação. Eu gravitei, mas na minha queda peguei-me a um pano de teu vestido... Quando firmei... os dentes e as unhas, julguei-me bem firme... ordenei-te que fosses minha... maldição!... tu me tinhas deixado a capa entre os dedos!... e eu ouvia a tua gargalhada cristalina e uma voz que bradava no céu – o anjo queimou as asas do demônio. Desde este momento começou uma fase terrível... Era o orgulho ferido, era o coração sangrento... era a vingança, e era o amor... Eu te amava com toda a tenacidade do ódio... com todos os delírios da raiva... Para que dizer-te mais? Eu comecei outra vez o fio roto de minha maquinação... bem seguro que desta vez a mosca não fugiria. Tu me venceste ainda uma vez... Ser duas vezes o brinco de uma criança. Pensar, refletir longas noites, espiar, prever... longos dias... prostituir-se, perder-se sempre... por um beijo de mulher e no momento de bradar vitória... sentir-se vencido, ridículo, pequeno e desprezado... Ah! é horrível... Mas agora, Maria, tudo está concluído. Tu... ou este homem. Eu quero levantar um leito de esposa ou um patíbulo de sentenciado... Ah! eu o tenho aqui nos meus dedos. Queres saber como? Fi-lo denunciar. Foi preso. Pedem-me documentos. Eu os nego. Escreve para Lisboa. Eu o desacredito. Espera no juiz. Eu o substituo. E um denunciado do crime de alta traição, que não pode alegar uma prova em seu favor, e que tem sobre si o ódio de Lisboa, a animosidade de um juiz, e a minha vingança... não pode sustentar por muito tempo a cabeça sobre os ombros... Bem vês, Maria, que desta vez eu venci... Há destas posições terríveis na vida em que o homem é o náufrago... o braço estendido o salva... o menor impulso o abisma. Senhora, podes estender o braço – do contrário, eu darei o impulso. Bem vês, Maria, que desta vez venci.

Maria
É bem verdade que não há outro meio de salvá-lo... Oh! meu Deus... Eu já não tenho minha mãe, eu já não tenho meu pai, eu já não tenho meu noivo!... Todos os meus sonhos, todas as minhas preces; todos os meus anelos, meus pensamentos, minha vida, morreram. Ah! Gonzaga!... (*chora um instante, depois com energia*) Enxuga os olhos, desgraçada! é preciso que tuas pálpebras estejam brancas quando tua alma está em sangue... Ri, desgraçada! é preciso que tua boca ria como teu coração chora... Levanta a cabeça, desgraçada! é preciso que ela suporte o peso da sua coroa de morte, como o Cristo levantou a sua de martírio... (*ao governador*) Sr. governador, eu estou pronta. Quais são as condições do contrato?

O governador
Em primeiro lugar eu conservarei o juiz.

Maria
Não basta.

O governador
Pedirei à corte a absolvição dos réus.

MARIA

Dê-me a sua correspondência.

O GOVERNADOR

(*tira do bolso uns papéis*)
Aqui a tem, minha senhora. Eu estava prevenido para qualquer eventualidade.

MARIA

Não basta.

O GOVERNADOR

Finalmente entregarei a V. Exa. as declarações, minha e do Sr. intendente de Minas, com todos os documentos precisos para a soltura de Gonzaga.

MARIA

Basta. Dê-me estes papéis.

O GOVERNADOR

Perdoe minha senhora, eu os troco, não os dou.

MARIA

O que quer dizer, senhor?

O GOVERNADOR

Quero dizer que V. Exa., logo que tenha estes documentos em seu poder, não aceitará minhas condições. É bem claro...

MARIA
Diga o que ordena, Sr. governador.

O GOVERNADOR
Apenas uma garantia. V. Exa. vai escrever-me. Bem sabe que não mostrarei esta carta... Seria vingar-me, porém perder o seu amor.

MARIA
(*chega-se a uma mesa e escreve numa tira de papel, que rasga*)
"Senhor visconde." Dite o resto.

O GOVERNADOR
"Eu me entrego enfim a V. Exa. Venha (*movimento de Maria*) à meia-noite entregar-me a soltura de Gonzaga. Eu o espero ansiosa." Agora tenha a bondade de datar. "Rio de Janeiro, 13 de julho de 1791."

MARIA
Mas, senhor, estamos a 15...

O GOVERNADOR
Escreva, minha senhora, eu quero assim.

MARIA
Está escrito...

O GOVERNADOR
Dê-me esta carta.

MARIA
Perdão, senhor, eu troco, porém não a dou.

O GOVERNADOR
É justo. (*trocam-se os papéis. Acionando com a carta*) Agora, senhora, aquele homem não poderá ser seu marido.

MARIA
(*gesto supra*)
Agora, senhor, aquele homem não poderá ser sua vítima.

O GOVERNADOR
Mas tu serás minha. (*sai*)

MARIA
Não, eu não serei tua, visconde de Barbacena. Não, eu não serei tua, Gonzaga!... o meu esposo é outro. (*leva a mão ao seio*)

Cena VI

LUÍS

LUÍS
(*levantando o reposteiro da esquerda*)
Tu contavas com o segredo, visconde de Barbacena, nós o guardaremos. (*aponta à es-*

querda) Este homem bate-se, porém não assassina. (*aponta o fundo*) Aquela mulher morre, porém não mata. Contra aquele tens por escudo a honra de cavalheiro; contra aquela defende-te a sua pureza. O jogo foi bem-disposto: o covarde não se bate em duelo, o vilão não se peia com escrúpulos. Mas eu não sou nem cavalheiro, nem dama, sou um negro; quando encontro uma cobra, esmago-a sem me importar se a face é de homem. Inda bem: quando este homem estiver salvo, quando aquela mulher estiver a perder-se tu toparás numa coisa bem insignificante. O que será? Nada, quase nada. Algum objeto preto como uma pedra, mas duro também como ela: será o meu braço e este braço segurará um instrumento branco, porém frio. Oh! tu lhe verás a alvura, tu lhe sentirás a frieza. (*faz o gesto de tirar uma faca e dirige-se para o fundo, donde volta precipitadamente*) Aí vem D. Maria e um carcereiro. Condenam-me ao sossego, entremos na toca. Quando for preciso, eu apareço. (*sai pela esquerda baixa*)

Cena VII

Maria, *um* carcereiro *e depois* Gonzaga

Maria
(*ao carcereiro*)

Senhor, vá depressa, diga-lhe que alguém o espera ansioso.

O CARCEREIRO
Neste instante. (*sai*)

Cena VIII

GONZAGA *e* MARIA

GONZAGA
(*dentro*)
Obrigado, senhor, eu o acompanho.

MARIA
Ah! é sua voz!...

GONZAGA
(*entra vagarosamente, depois fita Maria*)
É impossível! eu creio que enlouqueci, meu Deus!

MARIA
Não, não enlouqueceste, sou eu, sou eu mesma... sou eu.

GONZAGA
Maria!

MARIA

Gonzaga! (*atiram-se aos braços um do outro*)

GONZAGA

És tu, Maria? És tu, meu Deus! Ah! como estás linda!... mas como estás pálida! Maria, tu sofres? Tu tens sofrido muito, não é verdade? mas eu não o quero... Oh! é mau padecer quando alguém nos ama... E eu te amo... ouves bem? Eu te amo. Há quanto tempo eu não posso repetir-te estas palavras!... Pouco importa... eu estou pago... Como sou feliz. Acreditas? Eu esperava que viesses, mas parecia-me impossível. Oh! quando esta idéia descia-me na alma, havia um irradiamento em torno de mim – o criminoso sentia-se purificado por teu olhar, o que é ser preso... um dia eu to contarei, temos muito tempo. Porém olha-me um pouco, eu quero sentir teu olhar, fala... eu quero escutar tua voz...

MARIA

Ah! meu amigo, como estás mudado! Eles te matavam. Não é assim?

GONZAGA

Não, eles deixavam-me sem ver-te.

MARIA

Ah! era pois por mim que tu morrias... (*à parte*) E eu que ainda duvidava em vir. (*alto*)

Perdoa, eu não sabia... porque se eu o tivesse imaginado um só momento, teria saltado mesmo sobre o cadáver de minha mãe para vir morrer-te aos pés...

GONZAGA

Pois não falemos mais disto... Quando se caminha para o céu, não se olha para a terra... Quando eu te vejo estou face a face com Deus e o pobre condenado de joelhos no chão está mais em pé do que o tirano no trono. Desde que eu te vejo, Maria, não sou mais prisioneiro.

MARIA

E tu já não o és... (*tira do seio uns papéis dos quais um cai no chão*)

GONZAGA

O que é isto, Maria? O que é que me dás?

MARIA

Tua liberdade.

GONZAGA

(*lê os papéis rapidamente; depois, severo*)

Maria, ser preso é horrível, ser desonrado é pior. Um braço na calceta pode ser virtuoso, uma alma na galé é imunda... Maria, eu não sou mais que um desgraçado, não faças de mim um miserável. Que me importa a liberdade?

Deixa-me encerrar meu brio em quatro paredes, não queiras que passeie a minha ignomínia por toda a parte.

Maria

Não, tu não tens razão. Não, tu não pediste nada. Estes papéis foram exigidos pela justiça. Ela precisava esclarecer tudo isto. É antes um triunfo!... Não me acreditas?... o visconde não tos deu... arrancaram-lhos... Pois tu não me acreditas? Eu te juro que não haverá nem uma nódoa de desonra sobre teu nome, nem também sobre o meu. (*à parte*) Eu o juro.

Gonzaga

Bem, obrigado, Maria! Agora eu posso tocar nestes papéis... tu me disseste. E os anjos não mentem. Oh! meu Deus! não há pois mais desgraça alguma em torno de minha cabeça. Eu estou livre, eu te possuo. Parece que a infelicidade cavou-me na alma um abismo bem profundo para que possa conter tanta felicidade. Maria, como eu sou feliz... como nós seremos felizes. (*deixa cair os papéis que se confundem com a carta que está no chão*)

Maria

(*irônica*)
Como nós seremos felizes...

GONZAGA

É pois uma realidade tudo que eu sonhei... verei de novo a minha herdade, conversaremos à sesta à sombra das palmeiras, falaremos baixo sob as casuarinas escutando o sussurro do vento da tardinha! daquela casinha levantada no tombo da ladeira como um ninho de pássaros nos ramos, com sua colina suave como um colo de mulher; e abaixo um canavial imenso, verde e dourado como um mar de esmeraldas, e longe... ao longe aquele horizonte de montanhas onde os crepúsculos talhavam-se num céu de sangue. Lembras-te?

MARIA

Lembras-te dos coqueiros da fonte, onde nós escutávamos o chocalhar da cachoeira? Foi aí...

GONZAGA

Oh! foi aí, que, pela primeira vez tu me dissestes, tímida como uma criminosa, corada pela aurora do amor que te subia do coração, estas palavras: "Eu te amo." Oh! se lembro. Era quase noite... A estrela dos amores... espiava do fundo de um céu de opala... ao longe, ouvia-se a *tirana* de um violeiro das matas... e as flores do sertão abriam os turíbulos perfumosos... Oh! mas a estrela que mais brilhava era o teu olhar a mirar-se na lagoa azul de minha alma, e as flores mais balsâmicas eram a tua boca, donde pendia, trêmula, uma gota de orvalho – o amor... Lembras-te, Maria? Lembras-te?

Maria
Lembras-te daquele pequeno vale onde eu te dava a mão para não pisares nas flores, lembras-te daquele monte escalvado que eu subia presa no teu braço para não pisar nas pedras?

Gonzaga
E a janela do teu quarto... que eu via de longe iluminada nas noites escuras como uma estrela perdida no horizonte? Era aí que ao romper da aurora tu aparecias-me bela, com os cabelos soltos no desalinho de um anjo surpreendido pela alvorada que acorda espantada nas nuvens.

Maria
E tu então repetias baixinho:

A porta abria,
Inda esfregando
Os olhos belos,
Sem flor, nem fita
Nos seus cabelos.

Ah! que assim mesmo,
Sem compostura,
É mais formosa
Que a estrela dalva
Que a fresca rosa.

Oh! como nós éramos felizes!

GONZAGA

E como nós sê-lo-emos. Oh! agora eu amo a liberdade. É que ser livre é poder apanhar as madressilvas agrestes para fazer uma coroa para os teus cabelos... sonhar contigo nos cerros soberbos do Itacolomi, bordar na cachoeira do rio o teu vestido de noiva, ouvir cantar o sabiá nas bananeiras da fonte, admirar os prismas do sol nas folhas verde-negras do sertão... Oh! Eu já não sabia se o sol brilhava... nem se os passarinhos cantavam, nem se o céu se iriava de azul nas horas do crepúsculo... É que eu tinha apenas por céu uma abóbada negra, por sol a luz sombria de uma candeia... por cantos o tinir de meus ferros.

MARIA

Mas amanhã...

GONZAGA

Amanhã... Maria!... Se a felicidade matasse eu estaria morto... Eu terei flores para enlaçar nos teus cabelos, campos para vagar contigo, o murmúrio de um ribeirão para falar-te de meus amores... e lá em cima... e lá no alto... Deus acenderá a lâmpada eterna para o noivado de meus amores...

MARIA
(*meio desvairada*)

Sim! Sim! amanhã nós seremos felizes... Oh! muito felizes... Eu te direi que te amo... e se a minha voz vier de muito longe não te admires, porque ela vem do fundo de minh'alma... Eu te olharei com um olhar bem longo, bem firme... e se este olhar for muito fixo, não te admires... é que nunca mais olharei senão para ti... Terei talvez uma lágrima nas pálpebras... será a derradeira... eu não chorarei mais... e se tu me beijares, não te espantes da frieza de minha boca... é que meu sangue refluirá ao coração nesta hora de êxtase... Sim! Sim! nós seremos muito felizes! Vem cá. (*toma-lhe as mãos e olha-o fixamente*) Olha bem para mim... Tu nunca olharás assim para outra mulher... não é verdade?

GONZAGA

Maria! Eu te amo.

MARIA
(*exaltada*)

Sim, tu me amas. Nunca digas estas palavras a outra... Seria horrível... eu me perderia mesmo no céu...

GONZAGA

Maria!

MARIA
(*exaltada*)

Sim... Chama-me tua Maria... e nunca esqueças este nome, nunca! porque eu te amei muito, porque eu te amo ainda e sempre... (*oculta a cabeça chorando*)

Gonzaga

Deixa as lágrimas para a desgraça... É provocar a Deus chorar quando se é feliz... Dá-me a tua mão... vê como meu coração canta, olha-me... vê como minha alma ri... Canta e ri, Maria! Oh! ter o amor e a liberdade!... O que queres mais?... Eu tenho tuas mãos nas minhas – a liberdade a meus pés... Vê bem... Teu amor é o céu e isto é a chave. Oh! deixa-me abrir a porta da vida e dos amores. (*apanha no chão os papéis*)

Maria

Enquanto eu abro a do túmulo... (*oculta a cabeça nas mãos*)

Gonzaga

(*olha-a sorrindo um instante, depois abre um papel que está no chão, que lê precipitadamente, com assombro*)

Uma carta!... e é do governador!... (*lendo*). Maria! meu amor... Ah! (*raiva e desespero... recua à medida que a lê, e, ao acabar, solta uma gargalhada de doido*) Ah! ah! ah! ah! ah! ah! ah!

Maria

Gonzaga! Tu enlouqueceste!...

GONZAGA

Não... é a alegria, é a felicidade, é teu amor. Ah! ah! ah!

MARIA

Gonzaga! o teu riso dói-me como a espada da loucura. Gonzaga!

GONZAGA

Não! é que a felicidade é demais, eu enganei-me, a felicidade mata. Porque amanhã nós passearemos nos vales, não é verdade, Maria? Eu ouvirei o canto do sabiá nas matas: apanharei as madressilvas agrestes para a cabeça de minha noiva... Tu me amarás e me dirás baixinho: eu te amo... Oh! é muita felicidade. (*com uma idéia súbita*) Ah! O governador deve estar ainda aí! Oh! este homem é meu salvador, é preciso que lhe agradeça, que eu beije a mão leal de um inimigo que me restitui a liberdade, a vida e teu amor!... teu amor! Maria! os beijos castos da esposa, os risos tímidos da virgem, a beleza casta da moça... todos estes tesouros... todos... uma boca inocente, um seio puro, uma alma apaixonada... porque tu és muito pura, muito inocente, e me amas muito, oh! muito!... tanto que me faz rir... tanto que me faz chorar... não vês como eu rio... Ah! ah! ah! (*dirige-se precipitadamente para a direita alta, onde abre um reposteiro. Maria o acompanha desvairada*) Venham, meus senhores, venham! Sr. Silvério, Sr. tenente-coronel, meus senhores, venham. Sr. visconde de Barbacena, ainda um rasgo de generosidade. Não furte a sua modéstia à minha gratidão, venha Sr. visconde.

Cena IX

Gonzaga, Maria, o governador, o tenente-coronel, *e mais militares e cavalheiros*

Gonzaga

Meus senhores, eu os chamei, porque precisava que muitas pessoas assistissem ao que se vai passar neste lugar. Eu desejava que neste instante o mundo inteiro nos visse. Sr. visconde, a grandeza de minha gratidão é preciso que seja igual à grandeza do seu cavalheirismo... Sim, meus senhores! porque este homem é um herói, um bravo, um tipo de honra e de lealdade. Declaro-lhe mesmo que o Sr. visconde era meu inimigo e meu rival... mas sabem o que ele fez quando me viu preso, pobre desgraçado, quase louco de dor, quase morto de desespero? Vou dizer-lhes. Um homem vulgar esquecer-se-ia de mim; um malvado far-me-ia morrer; um cavalheiro talvez que esquecesse a minha única felicidade – o coração de uma mulher. Pois não foi nada disso, nada... O nobre fidalgo agarrou o pobre réu e disse-lhe: viverás, és livre!... Ah! é um heroísmo, uma generosidade, uma ação incrível!.... Não é verdade, meus senhores?...

O GOVERNADOR

Senhor!...

GONZAGA

Oh! nada de modéstia, Sr. visconde! mostre-se qual é... V. Exa. é um cavalheiro... deu-me a vida! V. Exa. é um cavalheiro... prostituiu minha noiva... mas praticou uma infâmia.

MARIA

Ah!

O GOVERNADOR

Senhor!...

GONZAGA

Nem uma palavra, miserável! Um infame ter-me-ia assassinado, um cadáver não cora... Tu me desonraste... Ah! o imundo pacto que aqui se fez!... Covarde! e estes papéis têm lama... não devem manchar a mão honrada de um homem de bem... Meus senhores, é minha liberdade (*acena com os papéis*), mas estes papéis dormiram num coito repulsivo com uma coisa torpe e vil... com esta carta... esta carta em que ele propõe a minha mulher a desonra para salvar-me!... Ah!... como tudo isto é negro, é repulsivo, é imundo! Sim... eu não devo tocar em tanto lodo... Só há um lugar para a lama, é o charco, miserável! (*atira-lhe à cara com os papéis rotos*)

O GOVERNADOR

Desgraçado! tu rompeste estes documentos... tu serás meu!...

MARIA

Gonzaga!... tu te perdeste...

GONZAGA

Perdão, senhora. Houve um dia uma mulher que me chamava assim. Esta mulher morreu. Eu vi-a amortalhar-se num sudário de infâmia... e descer a uma cova de torpezas...

MARIA

Gonzaga! Gonzaga! E se esta mulher fosse pura, ainda como um anjo, casta como a virgem, imaculada como Deus? Se ainda ela guardasse tudo isto, tudo... para dar-te? Sim... para ti, meu amor, meu amigo, meu noivo!... Dize, o que farias?...

GONZAGA

Um réptil teria dormido na folha... o pensamento de ser de outro teria prostituído tua alma.

MARIA

E se esta mulher nunca tivesse pensado nisso?

Gonzaga

Ela não traria no seio aquele papel... Oh! quando uma pasta de lama como aquela apega-se à brancura de um seio de virgem, não há lágrimas que a lavem... senhora, eu não a odeio... eu a esqueci... Não foi a senhora que amei... A mulher de minh'alma era uma virgem que não se perderia para salvar-me, porque sabia que minha cabeça cairia mais alto quando me rolasse aos pés com a sua coroa de martírio, do que se levanta agora sobre os meus ombros com o seu diadema de escárnio... Senhora! coroas destas não se fizeram para minha cabeça, mas já que amarraram aí toda esta infâmia, eu entregá-la-ei ao carrasco. (*vai a sair*)

Maria

Meu Deus! meu Deus! tudo está perdido... Eu posso enfim falar!... (*a Gonzaga*) Senhor!... (*lento*) Aquela carta não tocou em meu seio... havia entre meu corpo e ela a largura de um punhal (*mostra-lhe o punhal*) a extensão de um túmulo!...

Gonzaga

Maria! Maria! Perdoa-me. Eu te encontro enfim...

Maria

Ah! tu não me deixaste morrer... és tu que morres!... (*atiram-se aos braços um do outro*)

O governador

(*que se tem conservado ao fundo de braços cruzados, faz alguns passos*)

Esta mulher mente. Ela foi minha amante.

Maria

(*detendo Gonzaga, que faz um movimento para o governador*)

Espera... eu tenho alguma coisa a dizer a este homem. Miserável! eu te aborreço! Tu só me inspiras desprezo e repugnância. Ah! velho imundo!... Olha tua cabeça, é uma coisa repulsiva como uma cabeça de víbora. Olha tua mão... é a garra de um corvo... Olha tua alma... é um lupanar de orgia... Velho, pois tu pensaste que beijaria a tua hediondez... que eu apertaria os teus dedos sangrentos... que eu seria a mulher desta tasca!... Estúpido!... Quando tu me falavas eu sentia por ti nojo e desprezo... Eu... tocar-te!... eu!... Quando a sola dos meus borzeguins cora de roçar onde passaste!... Ah! agora como estás ridículo! Vamos, mente, calunia... nós vamos rir de ti... vamos, fala... Oh! que ridículo governador, que estúpido visconde!

O governador

(*a Gonzaga*)

Leia: é a única resposta. (*dá-lhe um papel que Maria havia rasgado. A Maria*) Ainda uma vez eu venci.

MARIA
(*precipita-se sobre o papel*)
Não leias... não leias... É uma carta falsa que escrevi hoje mesmo para obter estes papéis.

O GOVERNADOR
Hoje são 15, este papel foi escrito a 13. Senhora, o seu relógio parou há muito tempo.

GONZAGA
(*olha desvairado em torno de si*)
Meu Deus! meu Deus! onde estará a verdade? Ah! que dúvida horrível! Maria!...

MARIA
Olha para mim... Vê bem que eu não minto.

O GOVERNADOR
Olha para esta carta... Vê bem que ela não mente.

GONZAGA
Meu Deus! nem sequer eu poderei morrer descansado!... Quem me arrancará esta dúvida que mata?!

Cena X

Os mesmos e LUÍS

LUÍS
(*levanta o reposteiro da direita e sai*)
Eu! (*todos conservam-se pasmos. Ele arranca o bilhete da mão de Gonzaga e dirige-se à mesa onde o ajunta ao papel de que fora rasgado*). Este papel foi rasgado daqui há poucos instantes.

O GOVERNADOR
Oh! maldição! só me resta agora o cadafalso ou o desterro.

MARIA
(*Gonzaga e Maria conservam-se abraçados.*)
Oh! não te resta mais que morrer!

GONZAGA
Não, fica-me o teu amor.

LUÍS
E a glória para o herói... e o céu para o anjo.

O GOVERNADOR
Ah! (*vai a sair precipitadamente, mas topa com Silvério*)

Cena XI

Os mesmos e SILVÉRIO

SILVÉRIO
Senhor, eu estou perdido. Querem pren-

der-me, querem assassinar-me. Eu quero fugir, eu quero salvar-me, venho pedir a V. Exa. a sua proteção. Minas me odeia. Minas me esmagará se V. Exa. não me defende. Eu estou desacreditado, pobre, mas em paga de tudo quanto lhe hei feito, de toda a felicidade que lhe dei, de todos os crimes que cometi por V. Exa. ... salve-me... salve-me...

O Governador
(*pega-o pelo braço, apontando o grupo de Gonzaga*)

Eis tudo que me deste... o crime, a desonra, o remorso... a condenação dos homens, de minh'alma e de Deus... a perda de Maria na terra, no céu, no inferno. Tu me perdeste... porém minha queda há de perseguir eternamente a tua no abismo em que rolamos. (*sai precipitadamente*)

Silvério
Ah! o inferno se conspira contra mim... Estou perdido!...

Luís
(*caminhando ao fundo*)

Não, desgraçado! É o sangue de minha filha que cai sobre tua cabeça; é o sangue de todos os mártires que te clama – vingança! Vai... são todas as tuas vítimas... é o cortejo de teus crimes que te acompanhará de solo em... solo, como o ferrete de Caim!... Caminha, maldito... caminha sobre o solo de tua pátria!... a terra que tu pisares te morderá nos pés; o desprezo de teus cúmplices e o ódio de teus irmãos te morderão na alma... Caminha... quando tu tropeçares será nas caveiras de teus patrícios; quando a chuva te açoitar o rosto será o sangue dos mártires. Caminha, maldito!...

Silvério
Ah! (*sai horrorizado*)

Cena XII

Gonzaga, Maria *e* Luís

Gonzaga

Agora, Maria, adeus! Nós sonhamos com a glória, com o amor, com a felicidade! Que importa? Há uma outra pátria onde as flores são sempre viçosas, onde o amor se transforma em astro. Lá há longos êxtases para duas almas que se amam; lá nós seremos noivos! Não chores, Maria, não chores... eu sou feliz!... Oh! é uma coisa muito pura... um amor como o teu! uma memória como a de um povo!... Ah! minha pobre pátria! ah! minha pobre noiva! amanhã nós todos seremos livres! Ela terá sua coroa de liberdade... o futuro há de atá-la na fronte!... Tu terás a tua capela de noiva. Deus há de colocá-la em tua testa. Eu terei o meu diadema de glória... o carrasco me sagrará mártir... Cala-te, Maria, quando se tem a eternidade do amor, de uma nação, de uma mulher e de Deus... o homem caminha para o cadafalso como para um leito de núpcias... Não chores, Maria, adeus!...

MARIA
Lembra-te de mim, Gonzaga...

GONZAGA
E agora um último pedido... fala de mim às crianças desta pobre terra, lembra aos pobres cativos que ficam o nome de nossa pátria, dize-lhes que eu morri por ela, e que eles vivam para ela.

MARIA
Sim, sim! o mundo inteiro saberá teu nome; e quando os sertanejos embalarem seus filhos à sombra das florestas da América, cantarão os mártires de Minas; lembrarão o poeta e tribuno, o revolucionário e o libertador. E eu... eu... viverei para apertar tua lembrança no meu seio... como uma mãe aquece um filhinho moribundo.

Cena XIII

O GOVERNADOR, O TENENTE-CORONEL *e muitos cavalheiros*, GONZAGA, MARIA *e* LUÍS

O GOVERNADOR

Sr. Dr. Tomás Antônio Gonzaga, é tempo de partir... Espera-o ali uma masmorra, além Moçambique ou o cadafalso...

GONZAGA

Não, espera-me aqui o amor de Maria, além a glória e o céu... Luís, meu velho amigo, adeus!... venha o último abraço, meu companheiro de infância... meu companheiro de desgraça... Adeus!...

LUÍS

Não, senhor, a ordem deve ser para todos os presos... Eu que o apanhei no berço, só o largarei no túmulo... Minha senhora, ele terá um amigo junto ao seu leito de agonia, ou ao pé de seu cadafalso. Adeus... minha senhora... (*passa*)

GONZAGA

Maria!

MARIA

Gonzaga! (*abraçam-se chorando*)

O GOVERNADOR

Oh! desespero! Eles são ainda mais felizes na sua desgraça do que eu na minha vingança! Eis o meu castigo!... Deus e eles se vingaram...

Maria

Meu noivo... meu esposo, meu único amor! lembra-te de mim nas tuas horas de agonia.

Gonzaga

Adeus, Maria. Lembra-te de mim quando estiveres em Vila Rica. Lembra-te de mim quando te sentares na encosta do rio, quando escutares o sabiá cantando à tardinha nas palmeiras, quando vires minha casinha deserta e fechada... Quando caminhares por onde nós passeávamos juntos... Lembra-te de mim... lembra-te de mim!...

Maria

Ah! eu sufoco! Ah! dá-me o último abraço! dá-me o primeiro beijo...

Gonzaga

Adeus! (*destaca-se dos braços dela e vai precipitadamente para o fundo, donde volta pela última vez*) Maria! até à terra ou até ao céu!... (*sai*)

Maria

Adeus! Teu cadáver será da pátria, teu coração meu, tua alma de Deus... parte para a agonia e para a glória.

(*Todos formam um quadro ao fundo. A orquestra toca o hino nacional em surdina.*

*Maria olha Gonzaga e Luís, que atravessam
ao fundo num barco... depois vem
inspirada à boca da cena, onde recita
a seguinte poesia:)*

Desgraça! Eis tudo o que resta
Da raça dos Prometeus!
Um mundo sem liberdade!
Um infinito sem Deus!
No dorso das cordilheiras
Batem rijas, agoureiras
As marteladas do algoz:
É o carrasco negro, imundo,
Pregando o esquife de um mundo
No seu sudário de heróis.

Ei-lo sublime por terra,
Qual no ocaso é grande o sol,
Fez dos Andes – travesseiro,
Do firmamento – lençol!
Condor soberbo da América,
Morreu... mas na garra Ibérica
Não sangra um grito de dor...
E o oceano – cão enorme,
Pergunta se o Brasil dorme,
Uivando aos pés do senhor.

Dormir... não! que esses tripúdios
São de um povo os funerais;
Mas ninguém vela-lhe em torno...
Grandes da pátria! onde estais?
... Ah! lá os vejo altanados,

Fortes, soberbos, alçados,
Se erguendo, mesmo ao cair!
Bravo! bravo! heróis... olhai-os!
Se tombam são como raiós
Que mergulham no porvir!

Cada qual na hora extrema
Sobre a ossada da nação,
É como o busto de Hércules
Do incêndio ao rubro clarão...
Para aqui um vulto se chega...

– Na taça – a cicuta grega, –
– Na mão – romano punhal, –
És tu, Cláudio – o suicida,
Trocando o... andrajo da vida
Pela... púrpura eterna!

Ei-lo, o gigante da praça,
O Cristo da multidão!
É Tiradentes quem passa...
Deixem passar o Titão.
Súbito um raio o fulmina,
Mas tombou na guilhotina,
– Nesse trono do Senhor.
Foi como a águia fulminada
Pela garra pendurada,
Como um troféu de Tabor.

Longe... por plagas infindas...
Lá onde é de fogo o céu,
Surge do mar uma ilha...
Da ilha um homem se ergueu,

Ao surdo rugir das vagas,
Batem-lhe d'alma nas fragas
As ondas do seu pensar;
E o sol que tomba sangrento,
É o adeus... o pensamento,
– Que ele nos manda do mar!...

Profundo olhar no horizonte,
Ao vento exposta a cerviz,
É Tasso, olhando Eleonora,
Dante fitando Beatriz.
Lá no rochedo escalvado
Quem é o grande desterrado
Maior que Napoleão!?...
Silêncio... uma voz sombria
Murmura: "Brasil!... Maria!"
– É Gonzaga... Oh! maldição!...

FIM DO DRAMA

Fev. 1867

D. JUAN
OU
A PROLE DOS SATURNOS[*]

Drama em três partes

---

[*] Drama inacabado, publicado pela primeira vez nas *Obras completas* de Castro Alves (Rio de Janeiro: Francisco Alves, 1921).

(*A cena representa uma grande sala forrada de veludo preto. No centro, sobre um estrado também preto, acha-se o caixão da condessa Ema. Ardem círios em torno.*)

    I Parte: A vida na morte.

    II Parte: A morte na vida.

    III Parte: Saturno.

PRIMEIRA ÉPOCA

PRÓLOGO

Quadro primeiro

Cena I

O Dr. Marcus, o conde Fábio, Macário e
a condessa *no esquife*.

O Dr. Marcus
(*a um lado – à boca da cena. A Macário*)
A condessa está morta...

Macário
Morta! Mas como?... meu Deus! Há pouco o baile. Agora o enterro. Que antítese horrível! Ainda ontem ela brilhava bela, orgulhosa, altiva

nas salas deste palácio... Ainda ontem, lembraste, Marcus?... ela te arrebatava no turbilhão da valsa, como se quisesse levar o seu par consigo para o céu!... Oh! quem a viu então, apenas resvalando pela terra, com os seios trêmulos sob as pedrarias e os arminhos, com os cabelos meio espalhados sobre teus ombros, com os lábios entreabertos a respirarem sobre tua fronte pálida... Sim! Marcus! porque tu empalidecias naquela vertigem da condessa... quem a viu ontem não pensou decerto... que aquele pé ligeiro ia tropeçar na cova... que aqueles seios iam trocar os diamantes pelas lágrimas... que a condessa Ema estaria morta...

Dr. Marcus

Que queres, Macário? A morte às vezes tem dessas fantasias terríveis. Eu, que sou médico, que tenho lutado, como Jacó, com este anjo sombrio, junto à cabeceira do doente, o sei... Ainda ontem, tu o disseste, eu empalidecia naquela valsa..., é que sentia um quê de vertiginoso e doentio naquele esvoaçar da condessa, aquele coração que batia precipitado sobre o meu tinha uma semelhança com o último arranco do moribundo... a espaços eu a apertava contra meu peito, porque me parecia que aquela mulher ia tropeçar e cair inanida sobre os tapetes do baile... Lembras-te, Macário, daquela espanhola, de que fala V. Hugo?

Assim foi. Quando as últimas risadas dos convivas perdiam-se nas escadarias e as lajes empalideciam lutando com a manhã, o coração daquela rainha do baile rasgou-se de súbito, como uma corda que estala depois de uma ária brilhante, e a condessa Ema rolou morta nos braços de seu marido... (*apontando o conde Fábio*)

MACÁRIO
Mas como? Mas por quê?

O DR. MARCUS
Queres que eu te explique a morte? Explica-me antes a vida... Os médicos chamam a isto – rasgar de uma artéria... eu chamo apenas a morte...

(*O conde levanta-se e vai se encostar ao caixão.*)

MACÁRIO
Pobre conde! que dor horrível que ele deve sentir...

DR. MARCUS
Dor?! Não sei. Não creio que a dor seja a cessação da vida, o aniquilamento da inteligência... Vês. (*apontando o conde*) Nem um grito, nem uma lágrima...

MACÁRIO
Mas deve ser terrível o acordar daquele sonâmbulo.

DR. MARCUS
Terrível... E por isso, Macário, tu que és seu amigo leva-o daqui antes que desperte. O saimento está pronto... Vai anoitecendo... É preciso que o féretro parta para o cemitério... Eu velarei a condessa, como amigo, e como médico...

MACÁRIO
Sim, Marcus. (*dirigindo-se ao conde*) É preciso partir, deixar este lugar fatal. Vamos, senhor conde, vamos.

(*O conde segue-o pelo braço silencioso
e indiferente.*)

Cena II

DR. MARCUS *e a* CONDESSA

DR. MARCUS
(*depois de acompanhar o conde e Macário
e fechar a porta*)
Enfim! (*aproximando-se do caixão*) Ema! Ema! Acorda! Mergulhadora da morte, vem um momento respirar à tona da vida, para depois

desceres mais forte ao mar profundo do sepulcro... Vamos, desperta! Não ouves, Ema, é a voz de Marcus, que te chama...

A CONDESSA
(*levantando a cabeça*)
Marcus! Onde está Marcus?... Meu Deus!... Ah! um caixão, círios, uma mortalha... Marcus, que leito é este?

MARCUS
É o nosso leito de núpcias.

A CONDESSA
Marcus, que círios são estes?

MARCUS
São as tochas do himeneu...

A CONDESSA
Marcus, que mortalha é esta?

MARCUS
É teu vestido de noiva!

A CONDESSA
Marcus! Marcus! Arranca-me daqui... eu tenho medo... tu não sabes como é horrível... como são frias estas tábuas... como este pano mortuário agarra ao corpo... Escuta... eu tive

um pesadelo... eu ouvi a voz do conde, que me chamava, no momento em que o narcótico me atirava por terra... depois... foi um sonho pesado, mas que me apertava o peito... Eu via meu filho Romeu, que chorava em torno de mim dizendo: "Minha mãe está morta..." Eu ouvi os criados, que passavam gritando "A senhora condessa está morta", e tu mesmo, Marcus, dizias: "A condessa morreu"... Então eu perguntava a mim mesma... Quem sabe? Se Marcus o diz, é porque é verdade... é que sua ciência o enganou, é que o médico errou; e querendo dar-me a vida do amor, deu-me o sono eterno...

MARCUS

Ema! Eu matar-te?... Não! Quando minha boca dizia lugubremente: "A condessa morreu para o mundo"... meu coração murmurava: "Ema, desperta para mim"... Pois tu tremes, meu amor, tu tremes perto de mim?

A CONDESSA

Marcus! arranca-me daqui... dá-me a tua mão...

MARCUS

Não, condessa, a senhora desvaria... Sair? mas para quê? para ir cair de novo nos braços de seu marido, para erguer de novo uma barreira insuperável ao nosso amor? É isto o que quer? Pois bem, senhora... pegue-se ao meu braço... vamos... eu quero conduzi-la de novo ao seio de seu lar... porque a senhora não me ama, porque a condessa Ema zombou de mim, quando disse ontem no turbilhão da valsa: "Marcus... eu te amo!... porém minha alma é bastante honrada para não arrastar na lama do adultério o nome do conde Fábio e de meu filho Romeu. Marcus! Marcus! Eu quisera morrer para ressuscitar nos teus braços..."

A CONDESSA

Oh! sim! Marcus! eu te amo...

MARCUS

E eu te disse então: "Senhora! Houve um tempo em que o Dr. Marcus vagou nas florestas gigantescas do Amazonas, em que viveu na tribo dos índios, atravessou as savanas e os rios na igara dos caboclos, e estudou a ciência dos narcóticos com os filhos primitivos da América... Um dia, senhora, uma linda cabocla, que o amava, deu-lhe um veneno estranho... este veneno dá a morte por momentos... por horas... por dias...

A CONDESSA

Sim, e eu te disse: "Marcus... mata a condessa e ressucita a tua Ema..."

Marcus

Depois, senhora... Vós me arrancastes o cristal, que o encerrava...

A condessa

E bebi: porque cada uma daquelas gotas se transformaria em oceano de felicidade... Mas, vamos, Marcus, é tempo de me abrires os braços...

Marcus

Não, condessa, não vê onde está?...

A condessa

É verdade... Que sala é esta? Onde estou eu?... Meu Deus, é ainda o palácio do conde!... Por que me fizeste acordar ainda aqui?...

Marcus

Porque ainda é tempo de renegar o meu amor...

A condessa

O teu amor?...

Marcus

Escute, Ema... Ontem era no baile... As flores, as luzes, os sons da orquestra, como outras tantas vozes do céu, murmuravam-lhe aos ouvidos: Ama, condessa, ama!... Estátua divina e orgulhosa... é tempo!... Camélia pálida, abre o teu seio às borboletas douradas do amor!... E depois... era no terraço..., eu de joelhos beijava o arminho de teu vestido, enquanto a lua beijava o arminho negro de teus cabelos... e a noite... o céu... as estrelas... e (*apontando para si*) o verme da terra te pedia um conceito, uma palavra divina, uma palavra, que tu nunca disseras a ninguém no mundo, uma palavra de amor...

A CONDESSA

E esta palavra, Marcus, tu ouviste... esta palavra, virgem na minha alma, tu a bebeste nos meus lábios...

MARCUS

Oh! condessa! tudo aquilo era uma vertigem. Depois... Quem sabe se a mulher que me amava no baile... não teria horror de mim no cemitério? Condessa Ema... ainda é tempo... Ali está a sociedade... aqui está o amor... ali está o seu leito nupcial, que é um túmulo, aqui está um túmulo, que é o seu leito nupcial... Escolha...

A CONDESSA

Tu mentes, Marcus!... Tu não me pedes deveras que eu escolha... É impossível... Tu quiseste apenas sentir de novo a extensão do meu amor... quiseste gozar do espetáculo de minha paixão, não é verdade? Oh! não me digas que desconfias de meu amor, porque então eu não acreditaria que me amas... (*falando fora do esquife*) Marcus, uma idéia horrível me atravessa agora o espírito... Marcus, teu amor seria apenas um capricho? És tu D. Juan?... ou és Romeu?... Vamos... uma palavra... tu o disseste... ainda é tempo, porque, olha bem, Marcus, uma mulher, como eu, ama somente uma vez na vida, mas precisa de um amor também eterno... Escuta, não me interrompas... Se tu sentes em ti uma paixão única e imensa, como a minha, dize... e nós iremos viver longe... bem longe... na Espanha, na terra das laranjeiras floridas... na Itália, sobre as ondas azuladas do Sorrento,... nos Andes, onde a raça dos Incas embala o amor à sombra das palmeiras, na Grécia, em Paris, onde quer que seja nós iremos abrigar o infinito de nossa paixão... Mas se tu não sentes em ti um sentimento destes, dize... Marcus... dize e tudo estará terminado... Eu te perdoarei porque ao menos não soubeste mentir... Marcus, vê bem que o meu amor é grande e insaciável, como o oceano...

MARCUS
E o meu é grande e inesgotável, como o céu...

A CONDESSA
Pois então, Marcus, depressa! depressa atira-me ao cemitério, que já me tarda cair no teu seio...

MARCUS
(*tem chegado com a condessa para perto do esquife; dá-lhe um vidro a beber*)
Oh! condessa, como és bela, mesmo na mortalha...

A CONDESSA
Não!... é o meu véu de noiva...

MARCUS
(*ouve a voz dos padres cantando o Dies irae*)
Meu Deus!

A CONDESSA
(*risonha*)
São os meus cantos nupciais...

MARCUS
Condessa! Depressa! é preciso entrares para o esquife...

A CONDESSA
Marcus, tu te enganas! Aquilo não é esquife, é a crisálida do nosso amor... (*cai desmaiada nos braços de Marcus*)

Quadro segundo

(*A cena representa um cemitério. É noite. No primeiro plano central um mausoléu com a inscrição do nome da condessa. À direita, um mausoléu com uma cruz. No fundo mais túmulos.)*

Cena I

Dr. Marcus e o coveiro

MARCUS
Vamos, Paulo, tu estás bêbado... Pois tu, que és o cérbero deste reino das sombras, ladras com medo do luar, que bate nas sepulturas?!

PAULO
Senhor doutor, mas é que é mau brincar com os mortos... Depois... eu vivo com eles e tenho visto muita sombra nas noites de lua caminhar pelo meio das sepulturas... muito gemido triste aqui no cemitério... Dizem que é a lua, que bate na pedra branca das lousas, que é o vento que geme nas folhas do cipreste... mas o coveiro sabe que são as almas, que passeiam, que são as almas, que conversam... Não ouve, senhor?...

MARCUS
Paulo, tu fazes-te cobarde... Quantas vezes tens cantado as tuas trovas obscenas ao compasso da pá, com que lanças a cal na sepultu-

ra?... Quantas vezes tens dormido embriagado aos pés de um cadáver? Vamos... A tua cobardia... não passa de cobiça... Vamos (*dá-lhe uma bolsa*), pega da alavanca...

PAULO

Eu estou pronto; mas o Sr. doutor já não se lembra, que salvou uma vez minha vida... Não! não é cobiça... mas o que eu vou fazer é horrível... e depois...

MARCUS

E depois?!...

PAULO

E depois? Quando entramos, deixei a porta aberta, enquanto procurava os instrumentos em casa... e ao sair numa das ruas dos carneiros de lá vi caminharem chorando dois vultos pretos...

MARCUS

Não vês que a sombra dos ciprestes, que o vento balança, parecem dois homens de luto, que caminham?... Mas, pela última vez, Paulo, digo-te que pegues da alavanca.

PAULO
(*pegando na alavanca*)
Porém... é mesmo para estudar que o Sr. doutor quer o cadáver?...

MARCUS
Acreditas que eu lhe queira roubar as jóias?

PAULO
Não... mas, senhor... por que prefere este a outro defunto?...

MARCUS
Por quê? Porque a condessa morreu de uma enfermidade súbita e desconhecida, cuja origem quero saber... Depois, que te importa? Que importa ao cadáver que lhe rasguem as entranhas? É uma profanação, não é assim?... Enganas-te, pobre coveiro... É uma virtude procurar, como os augures antigos, nas entranhas palpitantes da vítima a profecia do futuro, ir arrancar do seio da morte o princípio da vida...

PAULO
Mas, senhor, amanhã podem procurar os ossos da condessa...

MARCUS
Pois bem. O primeiro cadáver de mulher pobre, que aqui lançarem, atira-o nesta sepultura... Mas vamos, coveiro do inferno... levanta esta lousa... que o dia não tarda...

PAULO
(*levantando a lousa*)

O cimento está molhado... São duas pedras... pronto... (*tem suspendido e posto de lado a tampa da sepultura juntamente com Marcus*)

MARCUS

Agora deixa-me tirar a condessa. (*debruça-se para a sepultura*)

PAULO

Senhor, não ouviu passos... Não vê longe... lá... muito longe...

MARCUS

(*levantando Ema nos braços*)

Vamos... é preciso que este coração não palpite tanto... que a embriaguez não me mate... porque pela primeira vez eu sinto a vertigem da felicidade...

(*A condessa solta um gemido.*)

PAULO

Senhor! Senhor! não ouve? É a defunta, que se queixa...

MARCUS

Cala-te imbecil... Depressa! os cavalos estão prontos? tudo está preparado? Sim! Sim! fecha esta lousa... assim! E agora vai-te... e cala-te... Vê bem... este segredo é meu... e teu...

Cena II

MARCUS *e* A CONDESSA

MARCUS

(*sentado sobre a sepultura, tendo a condessa encostada a si, depois de olhá-la muito tempo*)

Houve um dia um artista, que amou uma estátua de mármore; houve um dia um carrasco, que amou um cadáver de rainha. E o artista amou e amou tanto que estremecia de volúpias estranhas ao contato daquela pedra indiferente, que adorou, cismou, viveu longos dias com uma prece, um olhar, um sorriso só para aquela figura marmórea, que achou mais gozos naquela indiferença, do que no delírio dos amores da terra... E o carrasco amou e amou tanto que bebeu o vinho da vida na taça lívida dos lábios da defunta... que se ardeu na frieza daquele seio inanimado, que apertou contra o peito em espasmos divinos o corpo degolado de Maria Stuart... Mas o que sentiria Pigmalião, o que sentiria o carrasco se os seios de mármore, se os seios da morta estremecessem, se os braços da estátua, se os braços da mulher os estreitassem, se os lábios de Vênus, se os lábios de Maria dessem-lhe sorriso por sorriso, carícia por carícia, beijo por beijo, delírio, por delírio? Ó D. Juan! Ó Lovelace! Embalde nos seios das Andaluzas, das Haidéias foste procurar o vinho supremo do amor... Ninguém nunca teve a volúpia, que sai da cova, o delírio, que sai da morte, o beijo repassado de eternidade!... (*beija-a sofregamente na testa...*) Ergue-te... Lázaro do amor! ergue-te e cai no meu seio...

A CONDESSA

Meu amor! Marcus! Oh! como é bom apertar-te em meus braços! Como é bom encher o peito de ar... Respirar... sim, respirar... beber o espaço... Oh! Marcus! que formosa noite... Não vês?... As estrelas parecem hoje mais claras e maiores... Como os ciprestes cantam... como tudo isto é alegre... como tu és belo... como eu te amo... Vamos, Marcus. Eu tenho frio... Aquece as minhas mãos nas tuas... minha testa arde... aquenta-a com teu hálito. (*leva a mão à cabeça, arrancando a coroa roxa...*) Ah! é a minha coroa de viúva... que vinha se colocar entre tuas carícias e meus cabelos... Eu não a quero... Não! cilício da sociedade, tu não apertarás mais os pensamentos de minha cabeça... não! grilhão de flores!... tu não prendes mais minha alma... porque... porque "a borboleta, que sai da crisálida não reveste a fealdade da larva..."

MARCUS

Sim... Ema... a noite te coroará de estrelas.

A CONDESSA

Não! Marcus... o teu amor me coroará de beijos...

MARCUS

Ah! Ema! Como tu me enlouqueces! Como tu sabes amar!...

A CONDESSA

Mas não é assim, Marcus, que todos amam? Não é assim que tu me amas? Não foi assim que tu mo ensinaste? Ainda me lembro... A primeira vez que te vi, tu embriagavas as moças de um baile com as tuas palavras melodiosas, e falavas de amor... Então, Marcus, eu pela primeira vez estremeci ao olhar de um homem... perguntei-te sorrindo o que era o amor... tu me disseste: "Senhora! é a adoração, a idolatria, o desejo, mas tão grandes que pedem – ao infinito, que se alargue para contê-los – à eternidade, que cresça para encerrá-los."

MARCUS

E tu te riste então, Ema.

A CONDESSA

Ri-me, porque então se abria para mim a felicidade... A felicidade, que na terra só tem um nome – amor. A felicidade sem sombras; a ventura sem remorsos... (*movimento de Marcus*)

Sim... Marcus, porque eu não tenho remorsos... Remorsos... e de quê? de nunca ter manchado a honra de um homem, que eu não amava, de nunca haver mentido sobre a terra, de procurar a minha felicidade, sem ferir a ninguém? Não! remorsos tenha a mulher, que vai embalar no leito do esposo a imagem de outro homem, a mulher que arrasta na lama e expõe ao ridículo a honra, que lhe não pertence, e que ela rouba para matar. Remorsos sintam essas miseráveis, que não têm um tesouro n'alma... Não... elas têm-no... mas em pequenas moedas azinhavradas ao contato de tantos dedos.

Mas eu, Marcus, no dia em que senti palpitar em minhas entranhas o teu amor, foi como as caboclas de nossa terra com os filhinhos recém-nascidos... (*apontando o esquife*)... mergulhei ali... no mar do sepulcro para vir trazê-lo a ti, intacto e puro, na margem desta outra vida, que começa...

MARCUS

Tu és o anjo da paixão.

A CONDESSA

Anjo, que nunca rolará do céu de teu amor, não é verdade, meu querido Marcus? Porque então eu seria o Satanás da vingança. Também Lúcifer era o arcanjo da luz... no entanto foi depois o demônio da treva... (*passando a mão pela fronte*) Mas quem fala de sombras, quando a alvorada desponta... Olha, tu não sabes que música divina eu sinto em meu cérebro... coloca a mão sobre o meu peito... Escuta... Dir-se-ia que meu coração, como um pássaro, que sente o sopro da primavera, se debate contra as paredes de meu peito... Pois bem... pobre pássaro... é tempo de voar... tens diante de ti a vida inteira, para viver,... a terra inteira, para atravessar...

Marcus

Sim! para nós – a eternidade e o espaço... Vamos, Ema! Os cavalos relincham à porta do cemitério... A galope! A galope! A noite nos esconderá em sua mantilha espanhola, e quando a aurora nos alumiar, já estaremos longe... muito longe...

A condessa

Sim! Partamos! É a hora em que velam os amantes... (*vão a sair precipitadamente para o fundo, mas ao encontrarem-se com as personagens que aparecem, recuam surpresos para a esquerda*)

Cena III

O conde Fábio, Romeu, Marcus *e*
a condessa Ema

O CONDE FÁBIO
(*vestido de preto, trazendo Romeu também de luto pela mão*)
É a hora em que só velam os esposos...

MARCUS
(*recuando até esconder-se atrás do mausoléu da cruz*)
O conde Fábio!...

A CONDESSA
Meu filho!

O CONDE FÁBIO
(*procurando a sepultura da condessa*)
Aqui... sim... deve ser aqui junto das outras lousas da família... (*lendo o letreiro*) Meu Deus! Encontrei-a enfim. (*cai de joelhos e esconde a cabeça entre as mãos*)

ROMEU
Meu pai! por que me trouxeste aqui? Se faz tanto frio!...

O CONDE FÁBIO
Filho... para aqueceres alguém, que ainda sente mais frio... do que nós... Aproxima-te, Romeu... toca esta pedra... vê que lençol tão gelado, que leito tão escuro... lá dentro trevas, trevas somente... e nem uma carícia... nem um

hálito de amigo... nada! a solidão, a solidão, que parece outro túmulo, que encerra este...

Oh! quem sabe se o morto não sofre?... Quem sabe se, à meia-noite, quando a geada cai na sepultura, a pobre moça, que viveu num leito de mornos arminhos não acorda, procurando embalde agasalhar-se com a mortalha molhada?... quem sabe quanto crânio se debate então pelos ângulos sombrios da lousa?... (*chorando*) Oh! filho!... filho... Ainda ontem ela vivia bela, santa, e mimosa da felicidade... Às vezes eu pensava que os tapetes macios eram ainda ásperos para ela, que o cetim era tosco para calçar-lhe o pezinho de criança... que a própria gaze fazia dorida a sua pele divina... e hoje... hoje!

ROMEU

Hoje, meu pai, vestiram-me de preto sem eu querer... Não é tão feia esta cor? por que me obrigam a isto?

O CONDE FÁBIO

Por quê?... porque ficas assim mais bonito com os teus cabelos loiros; porque deve ser já uma prece ver uma criança de luto... a inocência coberta da desgraça... o anjinho ferido no coração...

ROMEU

Eu nunca o vi assim, meu pai!... Está chorando... mas nunca meu pai chorou...

O CONDE FÁBIO

Cala-te, Romeu, não vês que eu não choro. Mas conversemos, meu filho... Dize-me, tu não tens tido muitas saudades de tua mãe?...

ROMEU

Oh! muitas, e onde está ela que não a vejo desde o baile?... Ela estava tão pálida no terraço, quando o Dr. Marcus lhe deu uma bebida...

MARCUS e A CONDESSA

Meu Deus! (*contracena por detrás do túmulo da direita*)

FÁBIO

Uma bebida?... Sim!... é tão natural num baile... quando o seio se abrasa naquela atmosfera de fogo e de perfumes... (*pausa*)

ROMEU

Meu pai! onde está minha mãe?... está muito longe?

FÁBIO

Muito longe... sim... muito longe... porque entre ela e nós está o infinito... porque ela está tão longe, como o céu da terra!... Ai! por mais que solucemos, ela não ouvirá nossa voz... por mais que caminhemos não chegaremos a seu pouso... por mais que a procuremos, nunca mais tornaremos a vê-la... nunca mais..., entendes bem isto, meu filho... nunca mais...

>   Romeu

Então, meu pai, nós vamos ficar sozinhos...

>   Fábio

Sós, meu filho, sós...

>   Romeu

E nunca mais minha mãe me beijará?

>   Fábio

Nunca.

>   Romeu

E quem tocará à noite no piano aquela música, tão bonita, que me fazia adormecer?

>   Fábio

Ninguém, ninguém, filho!... Não mais passeios alegres ao campo, não mais bailes esplêndidos, não mais alegria... A manhã nos achará solitários na casa triste e abandonada, a noite nos encontrará no salão deserto e escuro... Ela foi-se... A nossa alegria, a nossa felicidade... Minha mulher... tua mãe... Romeu!

>   Romeu

Mas... papai! quer me assustar... pois não me tinha dito que ela estava aqui?...

Fábio

É verdade!... (*à parte*) Pobre criança! para que hei de dizer-lhe que é órfão!!... (*a Romeu*) Sim... meu filho... eu brincava contigo... tua mãe está aqui... está muito perto de nós... ela está ouvindo tudo que nós dizemos... ela está nos vendo mesmo...

Romeu

Então por que não nos vem abraçar...

(*Ema quer caminhar para Romeu; Marcus segura-lhe o braço.*)

Fábio

Porque não pode, porque lhe é proibido...

Romeu

Pois então leva-me junto dela? Eu quero ver minha màe... eu quero ver minha màezinha... E tu não queres... Oh! meu Deus! é ser bem mau...

Fábio

Vê-la... E por que não?... Por que não hei de ainda uma vez beijar minha querida Ema?... A inocência foi quem me aconselhou... Não é verdade, meu Romeu, que devemos ainda uma vez olhar a nossa boa amiga?... (*Romeu faz-lhe sinal que sim*) Felizes superstições! Que mal faz arrancar a lousa de uma sepultura... E depois...

eu quero apenas uma lembrança sua... um pedaço de seus cabelos... uma flor de sua capela... Oh! Ema!... O pássaro, quando foge, deixa ao menos uma pena no ninho abandonado... tu não deixaste nada... nada!...

Romeu
Pai! vamos!

(*Contracena de Marcus e da condessa.*)

Fábio
Sim! Espera, Romeu, espera um instante!... Nós vamos vê-la... Ah! aqui está uma alavanca... bom!... mais alguns instrumentos... Dir-se-ia que os esqueceram de propósito... (*pegando da alavanca e batendo contra a sepultura*) Meu Deus!... é um sacrilégio... é mau desrespeitar o sono da morte... Se ao menos eu a tivesse visto na hora do enterro... Oh! como me custa... que dor horrível, que me aperta o coração... eu creio que não terei forças... (*continua por instantes a trabalhar*) Ah! finalmente!... (*tem levantado uma pequena parte da lousa*)

(*Contracena de Marcus e da condessa.*)

A condessa
Ah! (*encosta-se desvairada ao ombro de Marcus*)

FÁBIO

(*voltando-se e deixando de novo cair a lousa*)

Como que ouvi um grito?... Quem estará aqui?... Alguém talvez, ou será uma ilusão de meu cérebro enfraquecido?!...

ROMEU

Ah! (*apanha no chão a coroa roxa da condessa*)

MARCUS

(*à condessa*)

Que será feito de nós?...

FÁBIO

Foste tu, criança, que me assustaste!... Ai! mas o meu cérebro desvaira... esta dor é forte demais... para mim... Filho! parece que a luz a instantes me falta... (*passa a mão pela testa*) Mas não importa, comecemos de novo... (*pega de novo na alavanca, desfalecido*) Como este instrumento pesa... como esta pedra pesa... como este coração pesa...

ROMEU

(*adiantando-se*)

Meu pai... veja que bonita coroa... olhe... eu estive lendo as letras bordadas na fita... e não sabe? tem o nome de minha mãe... (*lendo*): *condessa Ema*.

FÁBIO
O nome de Ema?!...

MARCUS *e* A CONDESSA
Meu Deus!...

FÁBIO
(*tomando a coroa*)
Ah! deve ser isto... É a coroa talvez que prendeu os seus cabelos, e que esqueceram sobre a lousa de sua sepultura... Sim! É a sua coroa, que vem se colocar entre minhas carícias e seu cadáver... Oh! como a quero... como eu amo-a! Sim! grilhão de flores!... tu serás sempre o diadema de meu amor! Sim! elo do meu passado, tu prenderás sempre minha alma... porque... porque... porque... a crisálida abandonada reveste ao menos o pó dourado da borboleta, que fugiu!...

MARCUS
Tu desfaleces, Ema?

EMA
Não, meu amigo... tão grande e tão inabalável é o meu amor, que mesmo neste momento, eu te digo: Marcus... eu te amo... mas...

MARCUS
Silêncio!

FÁBIO
(*sentado à beira da sepultura*)
Filho! Vês esta cova?... Aqui dorme um anjo... Uma santa. Uma mulher cheia de virtudes e de generosidade... Ouve... Romeu... Um homem de bem cora mais quando lhe dizem que sua mulher é uma perdida, do que se lhe chamam ladrão... O último insulto, que se pode fazer a um homem, é ferir sua mãe... Felizes os que podem, como nós, dizer com orgulho: aqui está uma santa... aqui está uma mulher sem mancha...

A CONDESSA
(*a Marcus*)
Oh! aquela boa-fé mata-me... Eu não posso suportar a hipocrisia... eu quero desiludir aquele homem... devo dizer-lhe toda a verdade...

MARCUS
Estás louca, Ema?

ROMEU
Mas o que tem, meu pai?... as suas mãos estão frias... o que é que tem?...

FÁBIO
Filho! (*meio desvairado*) tu és pequeno!.... mas guarda estas palavras, este pedido de teu pai... quando eu morrer, enterra-me aqui junto

dela... e vem rezar sobre esta sepultura, sobre a sepultura da esposa mais honrada, da mãe mais carinhosa...

(*Ema destaca-se dos braços de Marcus, querendo caminhar para Fábio.*)

FÁBIO
(*caindo no colo de Romeu*)
E agora, filho, ampara teu pai, que não tem senão a ti na terra. (*cai desmaiado*)

EMA
(*saindo de trás da cruz*)
Basta, senhor...

MARCUS
Cala-te. Deus rejeitou a tua doida confissão. Ema... a tua fraqueza chega à loucura... És uma alma de ferro.

EMA
Oh! o elogio daquele homem pesa-me no coração.

MARCUS
Tu te arrependes?

EMA
Escuta... Jura sobre aquele corpo, que é talvez o cadáver de meu marido, jura sobre a ca-

beça de meu filho, que eu abandono, que me amarás sempre... mas sempre e verás como minh'alma é gigante na paixão...

                MARCUS
Eu o juro!

                EMA
              (*a partir*)
Então, Marcus, avante!... ao futuro!... Num coração, que transborda de amor, não há lugar para o remorso!...

FIM DA PRIMEIRA ÉPOCA

UMA PÁGINA DE ESCOLA REALISTA

DRAMA CÔMICO EM QUATRO PALAVRAS

A tragédia me faz rir; a comédia me faz chorar.
E o drama? Nem rir, nem chorar...
 (Pensamento de CARNIOLI)

CENÁRIO

A alcova é fria e pequena,
Abrindo sobre um jardim.
A tarde frouxa e serena
Já desmaia para o fim.
No centro um leito fechado
Deixa o longo cortinado
Sobre o tapete rolar…
Há, nas jarras deslumbrantes,
Camélias frias, brilhantes,
Lembrando a neve polar.
Livros esparsos por terra,
Uma harpa caída além;
E essa tristeza que encerra
O asilo onde sofre alguém.
Fitas, máscaras e flores,
Não sei que vagos odores
Falam de amor e prazer.
Além da frouxa penumbra
Um vulto incerto resumbra
– O vulto de uma mulher.

Vous, qui volez, là-bas, légères hirondelles
Dites-moi, dites-moi, pourquoi vais-je mourir.
                                                                  MUSSET.

MÁRIO
(*no leito*)
É tarde! é tarde! Abri-me estas cortinas,
Deixai que a luz me acaricie a fronte!...
Ó sol, ó noivo das regiões divinas,
Suspende um pouco a luz neste horizonte!

SÍLVIA
(*abrindo a janela*)
Da noite o frio vento te regela
O mórbido suor...

MÁRIO
Oh! que me importa?
A tarde doura-me o suor da fronte...
– Último louro desta vida morta!
Crepúsc'lo! mocidade! natureza!
Inundai de fulgor meu dia extremo...
Quero banhar-me em vagas de harmonia,
Como no lago se mergulha o remo!

E que amores que sonham as esferas!
A brisa é de volúpia um calafrio.
A estrela sai das folhas do infinito,
Sai dos musgos o verme luzidio...

Tudo que vive, que palpita e sente,
Chama o par amoroso para a sombra.
O pombo arrula – preparando o ninho,
A abelha zumbe – preparando a alfombra.

As trevas rolam como as tranças negras,
Que a Andaluza desmancha em mago enleio;
E entre rendas sutis surge medrosa
A lua plena, qual moreno seio.

Abre-se o ninho... o cálice... o regaço...
Anfitrite, corando, aguarda o noivo...

(*Longa pausa.*)

E tu também esperas teu esposo,
Ó morte! ó moça, que engrinalda o goivo!

SÍLVIA
(*à meia voz, acompanhando-se na guitarra*)
Dizem as moças galantes
Que as rolas são tão constantes...
Pois será?
Que morrendo-lhe os amantes,
Morrem de fome, arquejantes,
Quem dirá?
Dizem sábios arrogantes
Que nestas terras distantes,
Não por cá,
Sobre piras fumegantes

Morrem viúvas constantes,
Pois será?
Não creio nos navegantes,
Nem nas histórias galantes
Que há por lá.
Fome e fogueiras brilhantes
Cá não há...
Mas inda morrem amantes
De saudades lacerantes.
Quem dirá?

(*Aos últimos arpejos cai-lhe uma lágrima.*)

MÁRIO

(*vendo-a chorar*)

Sílvia! Deixa rolar sobre a guitarra,
Da lágrima a harmonia peregrina!
Sílvia! cantando – és a mulher formosa!
Sílvia! chorando – és a mulher divina!

Oh! lágrimas e pérolas! – aljôfares
Que rebentais no interno cataclismo,
Do oceano – este dédalo insondável!
Do coração – este profundo abismo!

Sílvia! dá-me a beber a gota d'água,
Nessa pálpebra roxa como o lírio...
Como lambe a gazela o brando orvalho
Nas largas folhas do deserto assírio.

E quando est'alma desdobrando as asas
Entrar do céu na região serena,
Como uma estrela eu levarei nos dedos
Teu pranto sideral, ó Madalena!...

SÍLVIA
(*tem-se ajoelhado aos pés do leito*)
Meus prantos sirvam apenas
P'ra umedecer teus cabelos,
Como da corça nos velos
Fresco orvalho a resvalar!
P'ra molhar a flor que aspires
Rolem prantos de meus olhos,
P'ra atravessar os escolhos
Meus prantos manda rolar!...

Meus prantos sirvam apenas
P'ra a terra, em que tu pisares,
P'ra a sede, em que te abrasares,
Terás meu sangue, Senhor!
Meus prantos são óleo humilde
Que eu derramo a tuas plantas...

(*Mário estende-lhe os braços.*)

Mas se acaso me levantas
Meus prantos dizem-te amor!...

MÁRIO
(*tendo-a contra o seio*)

Sentir que a vida vai fugindo aos poucos
Como a luz que desmaia no ocidente...
E boiar sobre as ondas do sepulcro,
Como Ofélia nas águas da corrente...

Sentir o sangue espadanar do peito,
– Licor de morte – sobre a boca fria,
E meu lábio enxugar nos teus cabelos,
Como Rolla nas tranças de Maria,

De teus braços fazer o diadema
De minha vida que desmaia insana,
Esquecer o passado em teu regaço,
Como Byron aos pés da Italiana;

Em teu lábio, molhado e perfumoso,
O licor entornar de minha vida...
Escutar-te nas vascas da agonia,
Como Fausto as canções de Margarida!...

Eis como eu quero – na embriaguez da morte –
Do banquete no chão pender a fronte...
Inda a taça empunhando de teus beijos
Sob as rosas gentis de Anacreonte!...

(*A noite tem descido pouco a pouco, o luar penetrando pela alcova alumia o grupo dos amantes.*)

SÍLVIA
Que palidez, meu poeta,
Se estende na face tua!...

MÁRIO
São os raios descorados,
Os alvos raios da lua!

SÍLVIA
Mas um suor de agonia
Teu peito ardente tressua...

MÁRIO
São os orvalhos, que descem
Ao frio clarão da lua.

SÍLVIA
Que mancha é esta sangrenta,
Que no teu lábio flutua?

[MÁRIO]
São as sombras de uma nuvem
Que tolda a face da lua!

SÍLVIA
Como teus dedos esfriam
Sobre minha espádua nua!...

MÁRIO
(*distraído*)

Não vês um anjo, que desce,
No frouxo clarão da lua?...

SÍLVIA
Mário? Não vês quem te chama?...
Tua amante... Sílvia... a tua...

MÁRIO
(*desmaiando*)
É a morte que me leva
Num frio raio da lua!...

(*O poeta cai semimorto sobre o leito. No espasmo sua mão contraída prende uma trança da moça.*)

SÍLVIA
Teus brancos dedos fecharam
De meu cabelo a madeixa,
Tua amante não se queixa...
Bem vês... cativa ficou.
Mas não se prende o desejo
Que n'alma acaso se aninha!...
Nunca vistes a andorinha,
Que alegre o fio quebrou?

(*Ouve-se um relógio dar horas.*)

Já! tão tarde! E embalde tento
Abrir-te os dedos fechados,

Como frios cadeados,
Que o teu amor me lançou.
Porém se aqui me cativas,
Minh'alma foge-te asinha…
Nunca vistes a andorinha,
Que alegre o fio quebrou!…

(*debruça-se a escrever n'uma carteira*)

"Paulo! Vem à meia-noite…
Mário morre! Mário expira!
Vem que minh'alma delira
E embalde cativa estou…"

MÁRIO
(*que tem lido por cima de seu ombro*)
Sílvia! a morte abre-me os dedos
És livre, Sílvia… caminha!

(*morrendo*)

Minh'alma é como a andorinha,
Que alegre o fio quebrou.

[FIM]

[1870]

IMPRESSÃO E ACABAMENTO:
YANGRAF Fone/Fax: 6198.1788